Boz a Sleimi

Mari Williams

Argraffiad Cyntaf: 2000
Ail argraffiad: 2002

ⓗ Mari Williams 2000 ©

ISBN 1 85902 825 X

Dymuna'r cyhoeddwyr gydnabod cymorth
Adrannau Cyngor Llyfrau Cymru.

Cyhoeddwyd dan gynllun comisiynu
Cyngor Llyfrau Cymru.

Panel Golygyddol Nofelau'r Arddegau:
Elgan Davies-Jones
Rhian W. Griffiths
G. Mari Morgan

Argraffwyd gan
Wasg Gomer, Llandysul, Ceredigion SA44 4QL

Pennod 1

Roedd ciwbiau jeli'n sownd yn y nenfwd ac ambell sblas o fargarîn ar y waliau. Dyna'r unig bethau oedd yn wahanol ynglŷn â'r ystafell ddosbarth hon. Roedd y papurau *Crunchie*, yr olion traed mwdlyd a thalpiau o hen gwm cnoi du ar y llawr yn gyffredin i bob ystafell arall yn yr ysgol, hyd y gwyddai Seimon. Ond cyffyrddiad arbennig y genod gwirion oedd y jeli a'r margarîn, cyn iddynt gario eu basgedi gwiail—a'r rheiny'n llai trwm rŵan—i'r ystafell dechnoleg bwyd. Roedd Clare Jones a Zoë Clark yn bathetig yn y ffordd roedden nhw'n trio cystadlu â Boz, meddyliai Seimon. Waeth iddyn nhw heb â thrio. Doedden nhw ddim yn yr un cae ag o.

Roedd Miss Matthews wedi'i heglu hi ar ôl ei gwers Mathemateg a dagrau blin yn cronni yn ei llygaid, heb aros i ofalu bod pawb wedi mynd. Wedi i Clare a Zoë wneud y llanastr rhuthrodd y ddwy allan dan sgrechian. Doedd neb ond y fo a Denny Boslow—Boz—ar ôl. Roedd Boz yn cadw'i lyfrau blêr yn araf, gan wneud i'r weithred honno, hyd yn oed, edrych yn fygythiol.

Roedd Seimon yntau wedi oedi yn yr ystafell i osgoi cymysgu â gweddill y dosbarth tra oedden nhw'n ymlwybro i'r iard. Ond gwelodd ei gamgymeriad rŵan. Roedd wedi'i roi ei hun ar drugaredd Denny Boslow. Rywsut neu'i gilydd byddai bob amser yn cael ei ddal ganddo.

Symudodd Boz yn gyflym tuag ato, cipio'i fag o'i afael a thaflu'r cynnwys allan yn un gawod flêr.

'Be sy gynno fo heddiw, Boz?' Roedd Darren Chiswick—'Chiz'—i bawb, yn procio'i ben rownd drws y dosbarth ac yn crechwenu.

'Wy, dwi'n credu,' meddai Boz, gan agor bocs plastig oedd yn cynnwys brechdanau Seimon a'i chwifio uwch ei ben, allan o afael Seimon.

'Ych a fi,' meddai Chiz. 'Dwi ddim yn licio wy.'

'Afiach!' meddai llais gwichlyd Clare Jones. Roedd ei hwyneb yn edrych fel dol tseina wrth i Seimon drio brysio heibio, ond roedd ei breichiau ar led i'w rwystro. Sylwodd Seimon ar ei hewinedd lliw gwaed sych.

'Gymera i nhw,' meddai Tony Graves, oedd wedi dod yn ôl i weld yr halibalŵ. Roedd ganddo drwyn main i ffroeni helynt. Hogyn tenau, llwyd oedd o, a gwallt llychlyd ganddo. Buasai'n llawn haeddu'i lasenw—Sgerbwd—hyd yn oed heb ei enw olaf. Lluchiodd Boz y bocs cyfan tuag ato ac fe'i daliodd yn ddethau. Sgrechiodd Clare a Zoë eto. Roedden nhw bob amser yn gwneud pethau ar y cyd. Daeth John Morgan a syllu ar yr hyn oedd yn digwydd. Roedd yn ffrind i Seimon un tro ond, yn awr, ceisiai osgoi ei lygaid.

Heb yn wybod iddynt, ar ganol yr holl firi, daeth Mr Lewis, Addysg Gorfforol, ar eu gwarthaf a'i lais yn glanio arnynt fel bom.

'Be sy'n digwydd yma?'

'Dim byd, syr,' meddai Boz.

Roedd yr ateb yn ddigon i gythruddo Mr Lewis.

'Dim byd? Dim byd?' gwaeddodd. 'Dwi ddim yn licio pobl sy'n torri ar draws f'amser egwyl i am *ddim byd*. A dach chi'n gwbod be mae hynny'n 'i olygu!' Fel hyn y siaradai Mr Lewis bob amser, gan newid y peth nad oedd yn ei licio bob tro. Doedd neb—hyd yn oed y fo'i hun, mae'n debyg—yn glir beth oedd hynny'n ei olygu, ond doedd neb yn meiddio gofyn.

'Jyst chwarae roedden ni, syr,' meddai Boz eto. Edrychodd i fyw llygaid Mr Lewis. Gwyddai Seimon fod croen glân a llygaid glas Boz yn twyllo'r athrawon weithiau. Er eu bod yn cael gwybod am ei ddrygioni, roeddynt yn gyndyn i gredu popeth ac yn barod i roi cyfle arall iddo.

'Allan!' bloeddiodd Mr Lewis, 'ar unwaith! A ty'd yn dy flaen, Seimon Rees, rwyt ti fel iâr.'

Ar ôl i'r athro fynd o'u clyw, trodd Boz ar Seimon eto,

'Hei, Sleimi, ti 'na'th ddodwy'r wy 'ma?' gofynnodd.

Chwarddodd y criw nerth esgyrn eu pennau.

'Sleimi!' gwaeddodd Clare arno wrth iddo gilio i lawr y coridor.

* * *

Roedd yn arfer gan Siân Rees wneud te bach i'w mab, Seimon, pan gyrhaeddai adref o'r ysgol bob dydd a chyn i Brian ei gŵr ddod yn ôl o'i waith. Roedd hi braidd yn hen i fod yn fam i hogyn pedair ar ddeg oed. Roedd ei gŵr a hithau'n tynnu 'mlaen pan briodon nhw. Swildod ar ran y ddau oedd achos yr oedi. Doedd y naill na'r llall erioed wedi magu digon o hyder i fachu partner nes iddynt gyfarfod â'i gilydd. Tebyg at ei debyg. Seimon oedd eu huniganedig ac roedd yn destun rhyfeddod iddynt. Pan gafodd ei eni rhoddodd Siân y gorau i'w swydd fel nyrs. Dyna sut y cyfarfu â Brian am y tro gyntaf, pan ddaeth o i gael triniaeth yn yr adran ddamweiniau ar ôl iddo dorri ei goes. Ond ers deng mlynedd bellach roedd hi wedi bod yn gweithio yn y gegin yn yr ysgol gynradd. Roedd y trefniant yn gweithio i'r dim. Yn ogystal ag ennill tipyn o bres a chael chwmni, câi ddigon o amser i dwtio'r tŷ teras yn yr hen ran o'r dref yr oedd hi mor hoff ohono a bod adref mewn pryd i groesawu Seimon.

Rhedai ei bywyd ar reiliau unionsyth—roedd lle i bopeth a phopeth yn ei le. Roedd bwydlen y teulu bron 'run fath o wythnos i wythnos, y clustogau llachar yn yr un drefn yn yr ystafell fach ffrynt a'r un sglein ar y bwrdd bach crwn a safai yno. Roedd hi'n annwyl ac yn ffeind, ac felly câi faddeuant am fod yn gysetlyd.

'Lle mae dy focs brechdanau di?' gofynnodd wrth symud at y sinc i olchi'r ychydig lestri.

'Dwi wedi'i golli fo,' atebodd Seimon yn ddigalon.

'Seimon!' meddai ei fam. 'Dyma'r trydydd tro i ti 'i golli fo mewn pythefnos! Be sy'n bod arnat ti?'

'Ddrwg gen i, Mam.'

'Isio i ti fod yn fwy gofalus sydd. Maen nhw'n

costio pres, wsti. Bydd raid i ti gael bagiau polythîn o hyn ymlaen.'

'Dwi am gael cinio'r ysgol o hyn ymlaen.'

'Ro'n i'n meddwl nad oeddat ti ddim yn 'u licio nhw.'

''Falla'u bod nhw wedi gwella.'

'Wel, dyna fo 'ta.'

Eisteddodd Seimon wrth y bwrdd crwn i wneud ei waith cartref. Byddai ei dad adref ymhen yr awr. Roedd yn ei chael hi'n anodd canolbwyntio a chododd ei ben sawl gwaith i syllu drwy'r llenni les i'r stryd. Hawdd oedd gweld wynebau'r bobl oedd yn pasio a chlywed eu camre gan fod y ffenestr yn agor yn syth dros y pafin. Weithiau byddai'r bobl yn sbecian i mewn, a'u llygaid wedi'u denu gan y ffigurau ar silff y ffenestr. Un o arferion ei fam oedd prynu mân bethau tlws i addurno'r tŷ pan fyddai'n mynd am wibdaith arbennig. O ganlyniad roedd ganddi res o *ballerinas* tseina, anifeiliaid bach gwydr, sawl tebot smalio a thusw o flodau sidan yn sgleinio mewn bowlen ar y silff. Chaen nhw ddim cyfle i hel llwch gan Siân Rees.

Dim ond hanner ffordd drwy'r gwaith Mathemateg oedd Seimon pan ddaeth Brian Rees i mewn trwy ddrws y ffrynt, oedd hefyd yn ddrws y parlwr gan fod wal y pasej wedi'i bwrw i lawr i wneud rhagor o le.

'Wel, sut hwyl gest ti?' gofynnodd Siân iddo gan frysio ato o'r gegin a sychu ei dwylo yn ei brat.

'Ches i mo'ni, mae arna i ofn,' atebodd ei gŵr, a suddo'n flinedig i'r gadair esmwyth.

'O, Brian!' meddai Siân mewn llais siomedig. 'Be ddigwyddodd?'

Cofiodd Seimon ar yr un foment fod ei dad wedi ceisio am ddyrchafiad yn y cwmni yswiriant lle gweithiai. Roedd wedi poeni cymaint am ei broblemau ei hun nes iddo anghofio am ddiwrnod pwysig ei dad. A'i fam wedi bod ag ofn sôn amdano dros de.

Edrychodd Brian yn euog arni.

'O, paid â deud wrtha i dy fod ti wedi gadael i'r hen sinach 'na 'i chael hi!'

'Roedd yr holl beth wedi'i benderfynu cyn imi fynd i'r cyfweliad hyd yn oed.'

'Ond rwyt ti gymaint yn well na fo. Mae dy gymwysterau . . .'

'Tasa gen i gymwysterau Einstein fasa fo ddim wedi gwneud unrhyw wahaniaeth, Siân.'

Yn amlwg, doedd o ddim eisiau trafod rhagor ar y peth. Edrychai'n hŷn na'i oed. Teimlai Seimon drosto, ac er ei fod yn meddwl y byd ohono rhaid cyfaddef na fyddai'n sefyll allan mewn torf. Dyn arall mewn sbectol a'i wallt yn frith a thenau oedd o, yn ddi-nod ac yn ddiniwed.

Safodd Siân Rees yn llonydd am ryw hyd, yn awyddus i ddweud rhywbeth ond yn gwybod pa mor hawdd fyddai dweud y peth anghywir.

'Mae swper yn barod,' meddai o'r diwedd. 'Tipyn o eog ffres am newid.'

Roedd Seimon wedi bod yn pori dros y syniad o ddweud yn blaen heno wrth ei rieni am ei drafferthion hefo Boz a'r criw. Yn sicr roedd arno angen tipyn o gyngor da. Roedd pethau'n dechrau mynd dros ben llestri, ond nid dyma'r amser i sôn amdanynt wedi'r cwbl.

Pennod 2

Fel nifer o deuluoedd eraill yn yr un rhes, roedd y Boslows wedi prynu eu tŷ cyngor. Tŷ ar y gornel oedd ganddynt a digon o ardd o'i gwmpas i wneud defnydd o'r siglen a'r sleid a char bach pedalau a berthynai i aelodau ieuengaf y teulu, sef Jade a Joey. Roedd nodweddion arbennig yn perthyn i bob un o'r tai yn unigol, fel ffenestri a swigod yn y gwydr, cynteddau newydd a drysau ffrynt amrywiol, nes bod eu lliw a'u llun yn wahanol, ac yr oedd ôl gofal arnynt. Nid fel y stad yn is i lawr ar Ael y Bryn. Roedd y tai yn y fan honno'n llwm ac yn llwyd gan mwyaf, y clwydi wedi rhydu a'r glaswellt yn edrych fel paith. Roedd trigolion Pen y Bryn yn falch o'u statws a'u safle uwch, oeddynt wir.

Pan gyrhaeddodd Boz adref roedd ei fam, Tina, yn smygu ac yn anadlu'r mwg yn ddwfn. Roedd hyn yn gwneud iddi edrych yn hagr. Doedd hi ddim yn hagr mewn gwirionedd. I'r gwrthwyneb, roedd hi'n gallu edrych yn dlws weithiau, yn arbennig pan oedd hi newydd liwio ei gwallt hir cyrliog yn oleuach. Efallai ei bod hi'n ymbincio gormod pan fyddai'n mynd i'r clwb hefo'i dad. Doedd dim angen yr holl golur gan fod esgyrn ei hwyneb yn fach, ei haeliau'n naturiol siapus a'i llygaid yn las fel rhai Boz. Pan fyddai ei dad mewn tymer da, byddai hi'n gwenu ac yn dangos ei dannedd mân, gwyn. Roedd pawb yn cytuno ei

bod hi'n ferch smart yr olwg, ond yn byw ar ei
nerfau. Wrthi'n gosod plataid o ffa pob a sosej i
Jade a Joey oedd hi, rhwng pwffian ar ei sigarét,
pan gerddodd Boz i mewn. Roedd y plant yn talu
llawer mwy o sylw i raglen ar y teledu nag i'w
bwyd.

'Lle wyt ti 'di bod, y diawl bach?' meddai
wrtho.

Gwyddai Boz yn syth fod rhywbeth mawr o'i le.

'Mynd am dro at lan yr afon ar y ffordd adra
wnes i.'

'Faint o weithia sy isio deud wrthat ti am beidio
mynd i fan'no?' Roedd ei llais wedi codi'n sgrech.
Dechreuodd Jade grio a dangos llond ceg o sosej a
brechdan.

'Dwi ddim 'run oed â nhw. Fedrwch chi ddim
mo 'nhrin i 'run fath â nhw,' gwaeddodd Boz gan
gyfeirio at y plant. Roedd ei lais dwfn newydd yn
cracio.

'Dos allan!' sgrechiodd ei fam mewn cywair
uwch byth ac yna suddo i'r soffa a'i hwyneb yn ei
dwylo.

Ciliodd Boz i'r siêd yn yr ardd gefn i gyfeiliant y
corws o grio. Fiw iddo drio swcro'i fam pan oedd
hi yn y fath hwyliau. Yn wir, roedd yn ei chasáu
pan oedd hi fel hyn. A'i dad hefyd. Fel arfer, arno
fo roedd y bai.

Daeth Terry Boslow adref yn hwyr.

Perchennog busnes symud tŷ oedd o, a rhwng
hynny a gwneud y cyfrifon wedyn ac ychydig o
swyddi gyda llaw, doedd dim dal pryd y byddai

adref gyda'r nos. Clywodd Boz y ffrae wrth iddo sleifio'n ôl i'r tŷ, galw heibio i'r oergell ac i fyny'r grisiau fesul tair i'r llofft. Roedd y rhegi a'r enwau i'w clywed yn glir, ond ni wyddai beth oedd yr achos. Rhywbeth ynglŷn â'r car, ond peg oedd hwnnw i hongian yr holl gyhuddiadau eraill, amherthnasol, a ddeuai allan ar adegau fel hyn arno. Diolch byth fod Jade a Joey'n cysgu'n sownd yn y llofft gefn. Disgynnodd Boz y grisiau drachefn i wrando ar ei rieni a'u gwylio trwy gil drws y parlwr.

'Faint o weithia sy isio imi ddeud wrthat ti?' meddai ei dad yn gwynfanllyd.

'Doedd gen i ddim help, Terry.' Roedd hi'n eistedd ar flaen y soffa o ledr gwyn, gan droi ei hances rhwng ei dwylo. Roedd ei hwyneb yn hyll ar ôl yr holl grio.

Roedd ei dad yn cerdded 'nôl a 'mlaen o flaen y lle-tân mawr, crand. Roedd yn ddyn cyhyrog ond yn mynd yn rhy dew. Roedd wedi eillio ei ben fel bod cysgod du drosto yn dod i bwynt ar ei dalcen.

'Dwyt ti ddim yn gall, ddynes.' Roedd ei lygaid yn fflachio a'i ddannedd yn y golwg. 'I be oeddat ti'n trio parcio'n fan'na yn y lle cyntaf, y bitsh wirion?'

'Dwi wedi deud wrthat ti drosodd a throsodd. Doedd dim lle yn unman arall.'

'Doedd dim lle yn fan'na chwaith!' atebodd yn chwerw. 'I be wyt ti isio mynd i grwydro beth bynnag? Mynd i weld dy chwaer oeddat ti, yntê? Tu ôl i 'nghefn i.'

'Mae hi'n licio gweld y plant, Terry.'

'Licio gweld y plant,' meddai gan ei dynwared yn sbeitlyd a chogio gwenu. 'Mae hi mor neis, yn tydi?'

'Roedden ni'n agos iawn cyn . . .'

'Cyn i chdi briodi? Cyn i mi ddod rhyngoch chi? Dyna be oeddat ti am ddeud, yntê? Wel liciais i 'rioed mo'ni, yr hen gnawes. Mae hi â'i chyllell yno' i.'

'Sut medri di siarad fel 'na, Terry?' ymbiliodd Tina.

'Ei syniad hi oedd o, yntê? Parcio'n fan'na a mynd i'r caffi. Hi dalodd y bil? Go brin!'

'Dim ond crafiad bach ydi o.'

'Dwyt ti ddim yn gwybod am be wyt ti'n siarad, ddynes. Rhaid rhoi panel newydd i mewn. Sut fedra i roi *claim* i mewn eto mor fuan ar ôl y llall?'

'Doedd dim angen y tro dwetha—'i drwsio fo dy hun wnest ti. Cofio?' heriodd Tina, heb feddwl.

Trodd Terry tuag ati'n fygythiol, ond yn lle rhoi ergyd taflodd gas fideo ati a'i tharo ar ei boch. Nid ymatebodd Tina o gwbl. Doedd hyn yn ddim byd allan o'r cyffredin. Roedd Terry Boslow'n gwybod pa mor bell i fynd. Roedd wedi cael digon o ymarfer ar y bwrdd dartiau i anelu'n ddisgybledig. Yr hyn oedd yn peri dychryn oedd y difrod y *gallai* ei wneud, pe bai'n dewis.

'Y cachgi,' sibrydodd Boz wrtho'i hun. Teimlai'r llid yn rasio trwy'i gorff. Un o'r diwrnodau hyn roedd yn mynd i roi'r fath gweir i'w dad! Ond roedd ganddo waith tyfu gyntaf. Blwyddyn a mwy. Roedd hynny'n goblyn o amser hir! Roedd yn casáu ei dad ac yn ei gasáu ei hun hefyd am fod mor wan.

Bu distawrwydd am rai eiliadau ac yna clywodd Boz sŵn drws y parlwr yn cael ei gau'n glep a'i dad yn melltithio. Neidiodd dan y grisiau i guddio a gweld ei dad yn codi'i siaced ledr oddi ar y bachyn gerllaw a mynd allan dan glepian drws y ffrynt yn galed.

Erbyn y bore, roedd ei fam yn wên i gyd. Yr unig beth a ddifethai'r wên oedd y marc coch a ledai dros ei boch.

'Debyg dy fod ti wedi clywed y ffrae neithiwr, Denny,' meddai'n llywaeth. 'Wel, mae o drosodd rŵan, i ti gael dallt. Mae dy dad yn cael rhyw byliau weithia, wsti.'

Pennod 3

Doedd dim rhaid iddyn nhw wybod y ffordd o'r orsaf at y maes, dim ond dilyn y dorf fel dwy wenynen mewn haid. Roedd y cyffro'n iasol. Trêt pen-blwydd i Seimon oedd hyn. Tan heddiw, doedd o a'i dad erioed wedi bod yn bellach na'r gêm bêl-droed leol hefo'i gilydd. Caent weld y sêr y prynhawn yma. Wrth lwc, hefyd, roedd y tywydd yn dda, yn hafaidd bron, er bod yr hydref yn graddol gau amdanynt. Aeth y dorf yn fwy trwchus wrth iddynt gyrraedd un o'r cabanau talu. Wrth aros eu tro, fel pys yn cael eu tywallt drwy dwmffat, cododd sŵn gweiddi'r hogiau'n uwch. Safai plismon cyhyrog ychydig o'r neilltu i dawelu pawb. Yn ei ymyl, er braw i Seimon, dyna lle'r oedd Boz a'r criw yn sefyll a golwg annifyr ar eu hwynebau.

'Sleimi!' Clywodd Seimon y sibrydion cryg. 'Hei, Sleimi!' Roeddynt yn edrych fel bytheiaid arno. Gwgodd y plismon arnynt. Trodd Brian Rees ei ben tuag atynt. Newidiodd yr olwg ar eu hwynebau eto a dechreuon nhw chwifio llaw.

'Seimon!' meddent yn watwarus. 'Sut hwyl, Seimon?'

'Wyt ti'n nabod yr hogiau 'na?' gofynnodd ei dad iddo.

'Maen nhw yn yr un dosbarth â fi,' meddai Seimon.

'Wyt ti isio mynd i mewn hefo nhw?'

'Maen nhw'n cael helynt ar y funud, Dad.'

Roedd ei dad yn medru bod yn ddall weithiau.

'Duwcs,' meddai. 'Paid â deud!'

Tynnwyd y ddau i mewn hefo'r lli. Nid oedd Seimon am adael i'r cyfarfod anffodus hwn effeithio ar ei fwynhad. Ond, trwy lwc—os lwc oedd o hefyd—roedd Boz a Chiz a Sgerbwd a'r ychydig gynffonwyr eraill wedi cael lle yn ddigon pell i ffwrdd. Roedd hi'n syndod eu bod nhw wedi cael dod i mewn o gwbl, gan eu bod mor swnllyd.

'Mae iaith dy fêts di'n warthus, Seimon,' meddai Brian wrth ei fab. Roedd Seimon yn difaru bod yr hogiau wedi'i gyfarch wrth y fynedfa a smalio bod yn ffrindiau hefo fo.

Ar ôl chwarter awr o chwarae diddigwydd, amddiffynnol, a'r cefnogwyr ar y ddwy ochr yn dechrau teimlo'n ddiflas, bywiogodd y gêm a datblygu'n un gyflym. Daeth chwaraewyr y ddau dîm yn fwy a mwy mentrus a sgoriwyd gôl berffaith. Trodd Brian i wenu ar Seimon, ond braidd yn ddistaw a difywyd oedd ei fab. Beth oedd yn bod arno fo?

Cododd Boz a'r criw ar eu traed a gorymateb fel y gwnaent bob tro y chwythai'r dyfarnwr ei chwiban. Wrth iddynt godi y tro hwn, sylwodd Seimon ar fflach o wydr. Roedd un ohonynt yn cario potel. Sylwodd y plismon ar y fflach hefyd. Roedd wedi bod yn eu llygadu ers peth amser o gornel agosaf y cae ac yn awr rhuthrodd yn syth i afael ynddynt. Daeth un neu ddau arall i'w helpu, fel petaent yn codi o'r pridd. Edrychodd Brian Rees yn syn ar y bechgyn yn cael eu hyrddio o'u lle.

'Maen nhw yn yr un dosbarth â chdi?'

'Ydyn,' meddai Seimon, braidd yn biwis.

Edrychodd Brian ar ei fab. Roedd yn edrych yn eiddil yn ymyl yr hogiau mawr hyn, ei wallt brown wedi'i dorri'n syml a'i lygaid brown golau'n edrych yn ddwys, 'run fath yn union â'i fam. Ymddangosai ei wyneb yn deneuach heddiw a'i wefusau'n dynn. Gobeithiai Brian y byddai'n tyfu yn y man. Byddai hynny'n rhoi mwy o hyder iddo, siŵr o fod. Penderfynodd beidio â sôn dim mwy am helynt yr hogiau.

* * *

Doedd Boz ddim yn yr ysgol ddydd Llun na dydd Mawrth. Ac, am unwaith, roedd Chiz a Sgerbwd yn dawel yn y gwersi. Er gwaethaf holl ymdrechion Zoë a Clare i dynnu arnynt, roedden nhw'n gwrthod ymateb. Felly roedd 'heddwch yn Israel' fel y dywedai Miss Matthews ar yr adegau prin hynny pan fyddai tawelwch yn ystod gwers. Roedd yn amlwg fod yr athrawon yn gwybod y rheswm am absenoldeb Boz ac ufudd-dod anarferol y lleill, ond doedden nhw ddim am gyfeirio ato. Brysiodd Miss Davies dros ei enw amser cofrestru ac yn ddiweddarach gwelwyd hi'n siarad dan ei hanadl â Mr Parry Ffiseg yn y coridor. Daeth Mr Herbert y Prif i'r gwasanaeth boreol ddwywaith yn olynol.

Cafodd tawelwch y dosbarth ei chwalu pan ddaeth Denny'n ôl. Dyna lle roedd o yn yr iard ben bore dydd Mercher a grŵp o ffrindiau o'i gwmpas, yn aros i'r gloch ganu. Gwenai'n ddidaro. Roedd pethau'n ôl yn eu hen drefn. Teyrnas Denny Boslow oedd hi unwaith eto.

Miss Matthews oedd yn ei chael hi waethaf ganddo, a chan mai Mathemateg oedd ei phwnc câi rhyw strach o'i herwydd bob dydd. Hi gafodd y fraint o gael ei gwmni gyntaf ar y dydd Mercher. Fedrai hi ddim rhoi taw ar y siarad.

'Hei, Boz,' galwodd John Morgan ar draws y dosbarth, 'be ddigwyddodd ddydd Sadwrn?'

'Dim byd,' meddai Boz a golwg hunanfoddhaus arno. 'Dydi'r glas byth yn gallu gneud dim.'

'Ydi hi'n wir bo chdi wedi mynd â chwrw i mewn i'r gêm?'

'Ella.'

'Sut gwnest ti hynny?'

'Mae 'na ffyrdd.'

'Wn i. 'I basio fo 'mlaen o un i'r llall tu ôl i'ch cefnau, yntê?'

'Gofyn i Sleimi.'

'Pam?'

'Wnewch chi fod yn ddistaw!' bloeddiodd Miss Matthews.

'Roedd o yno hefyd, 'n doeddat ti, Sleim?' Yn y distawrwydd sydyn clywyd llais Boz fel llais actor ar lwyfan.

Cochodd Seimon at ei glustiau ac edrychodd Miss Matthews yn rhyfedd arno am eiliad.

Dechreuodd Zoë chwerthin, ac yn sydyn roedd pawb yn chwerthin yn swnllyd. Arhosodd Miss Matthews yn amyneddgar nes bod y storm wedi cilio'n ddim mwy na bwrlwm o siarad unwaith eto, a bodlonodd hi ar hynny.

'Dwi ddim yn dy goelio di, Boz,' meddai John Morgan yn isel y tro hwn.

'Mae'n wir; roedd o yno hefo'i dad ac yn gweld y glas yn 'n hel ni o'na ar ganol y gêm,' atebodd Chiz.

Sylweddolodd John Morgan beth oedd wedi digwydd mewn gwirionedd. Gallai ddychmygu anesmwythyd Seimon. Roedd llais bach y tu mewn iddo yn dweud y dylai gefnogi Seimon, ond fiw iddo groesi Boz. A ph'run bynnag, roedd ganddo fwy o ddiddordeb mewn clywed eu hanes yn y ddalfa na mewn holi Seimon. Trodd ei sylw'n ôl at Boz a'i ffrindiau.

'Be ddigwyddodd wedyn?' gofynnodd.

'Rhybudd,' meddai Sgerbwd, gan achub y blaen ar Boz. 'Rhybudd ffurfiol.'

'Chest ti ddim rhybudd ffurfiol,' meddai Boz a'i waldio â llyfr Mathemateg. Doedd Sgerbwd ddim yn siŵr a oedd o ddifri ai peidio. 'Cest ti a'r lleill fynd, yn do? Wnaethon nhw 'nghadw i nes i 'nhad ddod draw.'

'Ocê, Boz, iawn,' meddai Sgerbwd, gan godi'i benelin i'w amddiffyn ei hun.

'Faint o weithia wyt ti wedi cael rhybudd rŵan, Boz?' gofynnodd Clare o ochr arall y dosbarth.

Roedd hi a Zoë wedi cael eu gwahanu oddi wrth yr hogiau.

'Unwaith, pan o'n i'n gyrru'r car,' broliodd.

'Yn y maes parcio oeddat ti, yntê, Boz?' meddai Chiz.

'Gallet ti fod wedi lladd rhywun,' meddai Gwyn Harris. 'Dwyt ti ddim yn gall, Boz.'

'Cau dy geg, Harris,' meddai Boz. 'Pwy ofynnodd i chdi am fy farn?' Teimlai fod yr edmygedd yn graddol ballu erbyn hyn, a bod pawb wedi dechrau syrffedu ar wrando ar ei gampweithiau . . . am y tro.

Pennod 4

Caeodd Terry Boslow ddrws y fan yn glep a brasgamodd i mewn i swyddfa'r cwmni yswiriant yn y Stryd Fawr, gan chwifio darn o bapur yn ei law.

'Ga' i'ch helpu chi?' gofynnodd y ferch yn y dderbynfa, braidd yn nerfus.

Rhoddodd Terry ei ddwylo ar ei desg gan ddangos y tatŵ herfeiddiol ar un fraich. Disgleiriai'r un glust-dlws yn erbyn ei wyneb coch.

'Dwi isio gweld pwy bynnag sy'n gyfrifol am hyn.' Rhoddodd y darn papur iddi. Llythyr oedd o.

Darllenodd y ferch y llythyr ac yna ffoniodd trwodd i gefn yr ystafell lle gweithiai Brian Rees.

'Mr Rees,' meddai hi, 'mae gen i rywun i'ch gweld chi.' Ac yna meddai wrth Terry Boslow, 'Ewch trwodd i'r cefn, Mr Boslow, at y ddesg olaf ar y chwith.'

Roedd nifer o bobl yn gweithio wrth y rhes o ddesgiau ar ddwy ochr yr ystafell, a rhai'n ymgynghori â chwsmeriaid.

'Be ga' i wneud i chi, Mr Boslow?' gofynnodd Brian Rees, ar ôl ei gyflwyno ei hun.

'Be 'di ystyr peth fel hyn, dyna be hoffwn i wybod.' Dangosodd Terry y llythyr iddo.

'Fel y gwelwch, Mr Boslow,' atebodd Brian Rees, 'ein polisi ydi gofyn am dri amcangyfri a dim ond un rydach chi wedi'i anfon i mewn.'

'Mae rhywun wedi crafu 'nghar i. Dwi ar frys i gael gwneud y gwaith. Mae'n bwysig iawn yn fy swydd i fod 'y nghar i'n edrych yn daclus.' Gwaeddodd Terry Boslow yn flin o flaen pawb.

'Ond mae'r gost braidd yn uchel am y gwaith sy i'w wneud, dach chi ddim yn cytuno?' mentrodd Brian, a'i lais yn mynd yn llai sicr bob gair.

'Dach chi'n gwybod rhywbeth am drwsio ceir?'

'Wel, nac ydw, ond . . .'

''Na fo 'ta. Sticiwch chi at 'ych petha chi ac mi sticia i at 'y mhetha inna.'

'Gadewch inni drafod hyn yn iawn, Mr Boslow.'

'Peidiwch â malu hefo fi! Mae hyn yn nodwedd-iadol ohonach chi, y tacla. Twyllo pobl i brynu siwrans ond byth yn barod i dalu pan fo angen . . .'

'Mr Boslow, cangen o gwmni mawr ydan ni. Mi fedrwch chi ddibynnu arnon ni . . .'

'Deudwch wrthyn nhw fod gen i hawl i hyn,' meddai, gan guro'r llythyr ar y ddesg â chefn ei law. 'Dwi isio'r siec yn y post fory nesaf, wedi'i wneud allan i mi, T. Boslow. Dallt?'

'Amhosibl,' atebodd Brian yn gwta. Roedd haerllugrwydd Terry Boslow wedi'i gorddi o'r diwedd. 'Am ddau reswm.'

'O?'

'Yn y lle cyntaf, fel y dywedais yn barod, rhaid cael tri amcangyfri, ac yn yr ail le, bydd y siec wedi'i wneud i gyfri banc y sawl sy'n gwneud y gwaith.'

'Beth?' Allai Terry Boslow ddim credu ei glustiau. Dyna siom! Roedd wedi gobeithio gwneud cwpl o gannoedd allan o hyn. Cyn iddo gael amser i ddangos pa mor gynddeiriog yr oedd, rhedodd y ferch tuag ato o'r cyntedd.

'Mr Boslow,' meddai'n frysiog. 'Mae'r warden traffig yn dweud fod rhaid ichi symud y fan ar unwaith. Mae'n achosi problemau.' Dilynodd Terry Boslow hi, gan geisio anwybyddu gwenau'r bobl eraill ar ei ffordd allan. Troesant i edrych ar Brian Rees gydag edmygedd.

Cododd ei ysgwyddau. 'Nesaf?' meddai.

٭   *   *

Roedd Boz wedi disgwyl cael cweir i gofio amdani gan ei dad pan fu raid i hwnnw yrru'r holl ffordd i'w nôl ar ôl y gêm. Roedd y ddwy neu dair awr y bu'n rhaid iddo eu treulio yng ngorsaf yr heddlu ymysg y rhai hiraf yn ei fywyd, yn hirach o lawer na'r rhai a dreuliai yn y sièd o bryd i'w gilydd pan fyddai pethau'n mynd o chwith gartref. A'r disgwyl oedd y gosb fwyaf. Doedd y rhybudd a gafodd yn ddim byd o'i gymharu ag ofn tymer ei dad. Roedd yr heddlu'n ddigon craff i sylweddoli hynny. Wedi sicrhau nad oedd Boz mewn perygl go iawn ganddo, gadawsant iddo fynd adref.

Roedd Terry Boslow yn ddyn cymhleth. Doedd dim llawer o Gymraeg rhyngddo fo a'r heddlu beth bynnag, ac er syndod i Boz cymerodd y drosedd yn gymharol ysgafn. Ddywedodd o ddim byd ar y ffordd adref. Sylwodd Boz, gyda rhyddhad, fod gewynnau ei wyneb wedi ymlacio

25

a'i fod yn mwynhau rhyddid y lôn yr adeg hon o'r nos. Caeodd Terry ddrws y car yn glep y tu allan i Rif Un, Pen y Bryn a dod draw at ochr Boz.

'Dim mwy o gwrw ar y maes, y cythra'l bach,' meddai, gan lanio ergyd go egr ar ben ei fab. A dyna'r cwbl.

Doedd gan Boz ddim cof rhy dda. Y profiad diweddaraf oedd yn mynd â'i feddwl bob amser. Roedd y gweddill rywle yn niwl ei isymwybod. Teimlai'n ddiolchgar i'w dad rŵan am beidio â cholli ei limpyn dros helynt y gêm bêl-droed. Anghofiodd dros dro y casineb a deimlai tuag ato pan oedd ei fam yn ei chael hi ganddo am y difrod i'r car. Gwyddai fod yr helynt hwnnw'n dal i fynd ymlaen. Erbyn hyn, roedd Terry'n bwrw ei holl lid ar rywun o'r enw Rees yn y cwmni yswiriant, a Tina'n ei gefnogi'n egnïol, er mwyn troi'r sylw oddi wrth ei rhan hi yn y peth. Yn ôl pob golwg, roedd Terry wedi rhoi'r fath lambastiad iddo yng ngŵydd llond swyddfa o bobl nes ei fod yn dawnsio . . .

*   *   *

Roedd yn fore diflas o Hydref. Oherwydd y glaw trwm, roedd y dosbarth yn methu mynd i chwarae pêl-droed. Nid bod ots gan Boz a'i debyg chwarae yn y glaw, ond gwrthododd Mr Lewis yn bendant. Doedd o ddim yn bwriadu cael trochfa er eu mwyn nhw. Caent wers theori yn yr ystafell ddosbarth yn lle mynd allan. Felly, teimlent yn gaeth a rhwystredig erbyn iddynt gyrraedd y wers nesaf. Roeddynt wedi bod yn tin-droi yn yr iard ar y ffordd nes bod pob un yn diferu o'i gorun i'w sawdl. Gwers Ffrangeg oedd yn eu hwynebu, digon i fwydro pen rhywun, yn ôl barn y dosbarth.

Byd gwaith oedd y testun heddiw, a dysgu geiriau Ffrangeg am swyddi, beth bynnag oedd pwynt gwneud hynny.

'Dwi ddim yn bwriadu mynd i Ffrainc i weithio, Miss,' meddai Zoë ar draws popeth, a chwerthin uchel yn ei dilyn.

'Bydd pobl Ffrainc yn falch dros ben o wybod hynny,' atebodd Miss Timpson. Cododd chwa arall o chwerthin.

Symudodd y drafodaeth ymlaen i 'beth yw gwaith eich rhieni' a phawb yn ateb yn ei dro. Daeth tro Seimon. Baglodd dros ei eiriau, ond llwyddodd i ddweud fod ei dad yn gweithio mewn swyddfa cwmni yswiriant.

'Ble?' oedd cwestiwn ychwanegol Miss Timpson, gan drio ei dynnu allan o'i gragen. Yn y Stryd Fawr? Yn fan'ma? O, diddorol. Cododd Boz ei glustiau a gwnaeth y cysylltiad. Roedd ei ymennydd wedi llithro i'r pumed gêr. Rees yswiriant! Dyna pwy oedd wedi rhoi cymaint o drafferth i'w dad. Mi gâi ddial ar Sleimi am hyn. Pwy fasa'n meddwl y gallai gwers Ffrangeg fod mor fuddiol yn y diwedd? Eisteddodd yn annaturiol o dawel am weddill y wers.

Disgwyliai Boz am Seimon yn yr iard amser egwyl yng nghwmni Chiz, Sgerbwd a Gwyn

Harris. Roedd pawb yn gwenu'n atgas. Hofranai John Morgan yn y cefndir gan edrych yn bryderus. Safai'r genod gwirion ar ymylon y grŵp. Edrychodd Seimon ar eu hwynebau bach caled, y gwallt wedi'i gribo'n ôl yn dynn i ffurfio cwmwl o gyrls crych, a'u llygaid yn pefrio'n filain. Dechreuodd Boz ei bwnio.

'Gweithio'n y lle siwrans, ia?'

Cymerodd Seimon eiliad neu ddau i ddirnad am beth oedd Boz yn sôn.

'Ia. Be sy'n bod ar hynny?'

Aeth Boz yn fwy ymosodol, gan waldio'i ben. 'Mae 'nhad wedi rhoi uffar o gweir iddo fo.'

'Am be wyt ti'n sôn?' gofynnodd Seimon rhwng ergydion.

'Dydi o ddim wedi deud wrthach chi adra? C'wilydd deud, debyg.'

Sut yn y byd oedd tad Boz wedi cyfarfod â'i dad o? Doedden nhw ddim yn symud yn yr un cylchoedd.

'Wir, Boz,' meddai dan godi'i ddwylo at ei ben, 'rwyt ti'n gwneud andros o gamgymeriad.'

'Camgymeriad, ia? Fo wnaeth y camgymeriad, yn trio twyllo 'nhad. Ond mi gafodd o ail, 'n do? O flaen pawb hefyd.'

'Cachgi,' poerodd Chiz. 'On'd oedd o'n edrych yn gachgi?' Trodd at yr hogiau eraill. 'Mi welson ni o yn y gêm. Cofio?'

Amneidiodd pawb yn fygythiol. Roedd y genod yn sefyll yn dawel, yn mwynhau'r olygfa.

'Mae o'n hen, tydi?' meddai Sgerbwd. 'Mae gynno fo sbectol dew ac mae o'n hen ddyn budr.'

'Llipryn,' meddai Chiz gan wneud ystumiau i ddangos beth oedd o'n feddwl.

Dechreuodd Clare sgrechian chwerthin. 'Mae'i fam o'n hen hefyd,' meddai hithau. 'A wyneb fel twrci ganddi hi.' Trodd at Zoë. 'Wyt ti'n 'i chofio hi yn yr ysgol fach? Roedd hi'n un o'r cwcs. Hanner pan.'

'Dydi pobl fel 'na ddim ffit i gael plant,' meddai Zoë.

Gwylltiodd Seimon a cheisio taro Boz yn ôl. Ond gafaelodd Boz yn ei wddw a throi ei gorff o'i gwmpas ddwywaith cyn ei daflu i'r llawr. Yna dechreuodd ei gicio. Roedd y lleill wedi ffurfio cylch o'u hamgylch. Yn sydyn, gwelwyd un o'r athrawon yn dod tuag atynt.

'G'luwch hi, hogia,' meddai Gwyn Harris mewn llais isel, cryg. Sgrialodd pawb o'r fan. Cododd Seimon a chilio jest mewn pryd. Y peth olaf oedd arno eisiau ei wneud ar hyn o bryd oedd ateb cwestiynau.

*   *   *

Sleifiodd Seimon i fyny i'w ystafell cyn gynted ag y daeth adref o'r ysgol, gan smalio fod ganddo rywbeth pwysig i'w wneud ar y cyfrifiadur. 'Wyt ti isio te bach?'

'Na, dim diolch,' oedd ei ateb, 'rydw i wedi cael creision a *Tango*.'

Ond gwyddai Seimon ei fod yn gohirio'r foment pan fyddai raid iddo wynebu ei fam a'i dad.

O'r diwedd daeth i lawr i swper, yn araf. Roedd ei dad yn eistedd wrth y bwrdd yn barod, wedi dod adref ers meitin. Ar ganol cario plataid o fwyd i mewn roedd ei fam.

'Argian fawr, be sy wedi digwydd i dy wyneb di?' gofynnodd iddo. Ac yna dechreuodd yr holl holi a stilio.

'Wedi cael ffeit.'

'Wedi cael ffeit? Choelia i fawr. Dwyt ti ddim yn un am gwffio.'

'Gadwch o, Mam. Dydi o'n ddim byd mawr.'

'Dim byd mawr? Wyt ti wedi gweld dy lun yn y drych? Dwi'n mynd i olchi'r briw y funud 'ma.'

'Na, peidiwch. Gadwch lonydd imi.'

'Pwy sy wedi gneud hyn i chdi, 'ngwas i?'

Gorchymyn i'w ateb oedd hyn gan ei dad, nid cwestiwn.

'Jest ryw hogyn yn y dosbarth. Chwarae o gwmpas oedden ni.'

'Chwarae o gwmpas?' adleisiodd ei fam eto. 'Mae'n edrych i mi fel tasa fo o ddifri.'

Edrychodd ei dad i fyw ei lygaid. 'Waeth i chdi ddeud y gwir rŵan ddim.'

Syllai Seimon ar ei gyllell a fforch.

'Mae'n fwy na chdi, ydi o?' parhaodd ei dad. Nodiodd Seimon.

'Un o'r hogia welson ni yn y gêm oedd o?' Nodiodd Seimon eto.

'Ro'n i'n meddwl,' meddai ei dad. 'Pa un?'

'Boz—Denny Boslow.'

'Boslow? Hm.' Ni fuasai enw Jones neu Evans wedi golygu dim. Roedd Brian Rees yn gweld digon ohonyn nhw yn ystod diwrnod o waith. Ond prin y byddai neb yn anghofio'r enw Boslow.

'Dwedodd fod ei dad wedi rhoi cweir ichi,' meddai Seimon. Buasai'n ollyngdod cael clywed y gwir, meddyliai.

'Fel arall oedd hi.'

Edrychodd Seimon yn syn arno.

'Mewn ffordd o siarad. Rois i stop ar ei gynllun bach i gael pres allan ohonon ni yn y swyddfa 'cw.'

'Dwi'n mynd i'r ysgol i siarad â'r Prifathro,' meddai Siân Rees. 'Fory nesa.'

'Na, Mam. Peidiwch, plîs!'

'Pam lai?'

Ar hyn torrodd Brian ar ei thraws.

'Nid fel'na mae hogia'n setlo pethau, Siân,' meddai, gan ychwanegu, 'Gwranda, Seimon, bydd raid cadw llygad ar y sefyllfa. Dwi'n mynnu gwybod popeth, wyt ti'n dallt? Paid â dangos bod arnat ti 'i ofn o, ond cadwa'n ddigon pell oddi wrtho fo a'i ffrindia.'

'Mae'r cyfan drosodd rŵan,' meddai Seimon yn gloff.

'Mae'n bell o fod drosodd, mae arna i ofn,' meddai Brian. A gwyddai Seimon yn ei galon fod ei dad yn iawn. Gwyddai hefyd y gallai droi at ei rieni pe bai raid.

Pennod 5

Dihangodd Seimon o'r ysgol amser cinio. Doedd neb heblaw Blwyddyn 12 a 13 yn cael mynd i'r dre, ond doedd gan Seimon fawr o ddewis ond torri'r rheolau. Roedd yn rhaid iddo osgoi cwmni Boz yn ystod yr awr ginio neu mi fuasai'n siŵr o'i hambygio eto. O'r sibrydion a'r arwyddion a âi ymlaen trwy'r bore, roedd Seimon yn gwybod ei fod yn cynllwynio rhywbeth. Roedd y ffaith fod Seimon yn eistedd yn y ffrynt, yn ymyl y drws, yn fantais iddo. Byddai'n gallu rhuthro allan o'r wers olaf ar y cyfle cyntaf. Erbyn i'r lleill ddod allan, buasai wedi rhedeg nerth ei draed ar draws y cae i gysgod y gwrych. Yna, câi ddilyn y gwrych am ryw hyd nes dod i'r bwlch ac i ryddid y lôn fach ar yr ochr arall. Dyma'r ffordd yr âi'r disgyblion i gyd ar daith gerdded noddedig cyn gwyliau'r Pasg. Roedd yn ffordd dda i fynd am dro. Tyfai coed yma a thraw ac ar bob ochr, fel mewn llun. Roedd y dail yn prysur droi eu lliw a'r heulwen yn rhoi sglein arnynt. Rhwng y coed gallai weld y mynyddoedd a'r defaid yn pori arnynt. Edrychent fel darnau bach o bapur yn y pellter. Roedd fel bod mewn byd gwahanol.

Ymhen ychydig, dechreuodd y lôn ddisgyn yn serth ac i'r golwg daeth rhes o fythynnod to-llechi a godwyd ar gyrion y dref. Trodd Seimon i mewn i'r Stryd Fawr ar waelod y rhiw. Aeth yn syth tuag at fynedfa'r siop fawr ar y pen lle gwerthid camerâu, offer recordio, fideos ac ati. A dyna'r lle roedden nhw'n disgwyl amdano, fel pwyllgor croeso. Rhaid eu bod wedi mentro trwy'r brif giât a dod y ffordd gyflym. Yna roedden nhw wedi cerdded i'w gyfarfod, o ben arall y Stryd Fawr.

'Mi welson ni chdi'n rhedeg i ffwrdd, yr hogyn drwg,' meddai Clare yn watwarus.

Trodd Seimon ar ei sawdl, ond roedd Boz a Chiz wedi symud y tu ôl iddo.

'Mynd i rywle? Dwyt ti ddim wedi gweld be sy 'na fan hyn eto.'

'Dwi wedi newid fy meddwl.'

'Pam? Be sy'n bod arnon ni? Dwyt ti ddim isio bod hefo ni?'

'Gad lonydd imi.'

'Gadwch lonydd iddo, hogia, mae o isio bod ar ei ben ei hun,' gwaeddodd Zoë. 'Dyna pam nad oes gen ti ddim ffrindia, yntê? Hogyn bach isio bod ar ben ei hun.'

'Ty'd i mewn. Mae gen i rywbeth i ddangos i chdi,' meddai Boz.

Gwthiwyd Seimon i mewn i'r siop. Roedd Sgerbwd, Gwyn Harris a John Morgan wedi mynd i mewn yn barod. Gafaelodd Sgerbwd ynddo gerfydd ei fraich a'i dynnu at un o'r silffoedd. Erbyn hyn roedd yr holl griw yn y siop, yn sefyll o flaen rhes o fideos arswyd. Dewisodd Sgerbwd un oedd â lluniau erchyll ar y clawr.

'Ddaru nhw dalu'n dda i chdi am dynnu dy lun?' meddai gan roi ei fys ar lun wyneb Frankenstein. Dechreuodd pawb floeddio chwerthin. Roedd hyn yn hwyl go iawn. Trwy gil ei lygad, gwelodd Boz y rheolwr yn cerdded tuag atynt o ben draw'r siop.

'Amser mynd, hogia!' meddai, ac fe ffodd o a'i griw trwy'r drws gan daro Seimon yn galed wrth ruthro heibio iddo.

Oedodd Seimon yno, yn ansicr beth i'w wneud. Safai'r rheolwr ychydig o'r neilltu gan grychu'i dalcen. Teimlai Seimon yn anghysurus iawn. Ar y llaw arall, fe fuasai'n fwy anghysurus fyth yn syrthio'n ôl i freichiau Boz a'i griw y tu allan. O'r diwedd penderfynodd fynd allan. Efallai eu bod nhw wedi rhedeg i ffwrdd. Wrth iddo agor y drws clywodd sŵn treiddgar larwm y siop. Y peth nesaf, teimlodd law'r rheolwr yn drwm ar ei fraich. Roedd yn cael ei arwain i'r swyddfa yng nghefn y siop. Doedd bosib fod hyn yn digwydd! Breuddwydio roedd o!

'Gwagia dy bocedi, 'ngwas i,' meddai'r rheolwr wrtho.

Rhoddodd Seimon ei ddwylo ym mhocedi ei anorac a chyffyrddodd â rhywbeth caled ar y ddwy ochr. Doedd o ddim yn cofio dod â llyfr na dim byd tebyg yn ei bocedi. Tynnodd un peth allan yn araf, ac er mawr syndod iddo rhoddodd gas y fideo arswyd ar y bwrdd. O'r boced arall daeth camera.

'Wyt ti'n sylweddoli pa mor ddifrifol ydi hyn?' meddai'r rheolwr.

Trawyd Seimon yn fud am rai eiliadau. O'r diwedd daeth o hyd i'w lais.

'Maen nhw wedi rhoi'r rhain yn fy mhocedi i!'

'Dyna be maen nhw i gyd yn 'i ddeud, 'ngwas i.'

'Ond mae o'n wir. Welsoch chi'r criw oedd hefo fi? Roeddan nhw'n tynnu arna i. Maen nhw wastad yn chwarae hen dricia cas.'

'Be 'di d'enw di?' Roedd y rheolwr wedi estyn beiro a phapur. 'Ac i ba ysgol wyt ti'n mynd?'

Prin y gallai Seimon gofio gan ei fod yn crynu gymaint. Gwnaeth y rheolwr nodyn o'r manylion. Byddai'r lladron oedd yn dod i'r siop yn taeru bob amser nad oedden nhw wedi dwyn dim byd, a'r rhan fwyaf yn haeddu Oscar am eu perfformiad. Ond roedd rhywbeth yn wahanol am hwn. Bron na chredai'r rheolwr ei fod yn dweud y gwir.

'Fel arfer, dwi'n anfon am yr heddlu ar unwaith,' meddai, 'ond y tro hwn, dwi'n mynd i ffonio'r Prifathro i weld ydi o'n fodlon trafod y sefyllfa hefo fi.'

Roedd yn rhaid i Seimon aros mewn ystafell arbennig nes bod y rheolwr wedi cael gafael ar y Prif. Roedd yn brysur hefo rhieni rhywun, meddai ei ysgrifenyddes, ac roedd hi'n cadw galwadau'n ôl. Aeth tri chwarter awr heibio. Eisteddai Seimon yn benisel ar flaen ei gadair, heb ddim byd i'w wneud ond hel meddyliau. Aeth ei holl oes heibio i'w lygaid, neu felly roedd yn ymddangos. Ei holl fethiannau a gwendidau, yr holl annhegwch a gawsai. Un o'r pethau oedd wedi ei frifo i'r byw oedd y ffaith fod John Morgan wedi ei fradychu. Roedd o wedi mynd drwy'r ysgol fach hefo John ac roedden nhw'n ffrindiau agos ar un adeg.

O'r diwedd, daeth y rheolwr i ddweud ei fod wedi cael gair â'r Prifathro a bod Seimon yn cael mynd yn ôl i'r ysgol, yn wir yn gorfod mynd, a hynny ar unwaith.

Roedd o'n hwyr yn cyrraedd gwers gyntaf y prynhawn, sef Daearyddiaeth. Dyna lle'r oedd Boz a'r lleill yn gwenu'n faleisus, bron â marw eisiau gwybod yr hanes. Buont yn ei gyfarch yn swnllyd ac yn goeglyd.

'Ble rwyt ti wedi bod?' gofynnodd Miss Davies. 'Hidia befo,' ychwanegodd wrth synhwyro bod yr hogyn dan straen o ryw fath. ''Stedda a dechrau ar dy waith yn ddi-lol.'

Roedd taflenni llenwi bylchau wedi'u gosod ar y ddesg yn barod iddo. Ymhen ychydig daeth y Dirprwy i mewn. Safodd pawb fel petaent wedi cael eu pigo â phìn. 'Mae'r Prifathro isio gweld Seimon Rees,' meddai, mewn llais ddiduedd.

Aeth si o gwmpas yr ystafell, ond ni feiddiodd neb ymateb yn fwy swnllyd na hynny. Cododd Seimon a dal llygad Boz cyn dilyn y Dirprwy. Doedd dim angen geiriau. Gwyddai Seimon fod yr olwg ar ei wyneb yn dweud 'Ladda i chdi os dywedi di'r gwir.'

Dyma'r ail dro mewn un prynhawn i Seimon sefyll o flaen ei well mewn swyddfa gaeëdig.

'Beth ydi peth fel hyn?' oedd cwestiwn cyntaf y Prif. 'Dwi wedi bod yn clywed pethau rhyfedd amdanat ti'n ddiweddar,' ychwanegodd, cyn i

Seimon ddod o hyd i'w lais. 'Mae Miss Matthews yn deud dy fod ti yng nghanol yr helynt pêl-droed fis yn ôl, a rŵan rwyt ti yng nghanol helynt mewn siop. Gobeithio nad wyt ti'n mynd ar gyfeiliorn.'

'Doedd gen i ddim byd i'w neud hefo'r helynt pêl-droed!' meddai Seimon yn ddig. 'Digwydd bod yno hefo 'nhad o'n i. Nhw sy'n trio rhoi'r bai arna i!'

'A nhw sy wedi rhoi'r bai arnat ti am ddwyn o'r siop?'

Edrychodd Seimon i lawr, heb ateb.

'Dwi'n gweld,' atebodd y Prif yn bwyllog. Bu saib hir.

'Chwarae tric oedden nhw,' meddai Seimon.

'Efallai.' Gwyddai'r Prifathro y byddai'n rhaid iddo droedio'n ofalus. Gwyddai'n iawn eu bod nhw'n prysur fynd allan o reolaeth. Ac eto doedd o ddim eisiau eu gwthio dros y dibyn. Credai'n daer fod cosbi'n llym yn troi pethau o ddrwg i waeth. Gosod esiampl, rhoi cyfle iddynt efelychu ymddygiad da a welent yn y plant eraill a'r athrawon, dyna oedd y ffordd orau i'w cadw rhag llithro i fywyd o drosedd. Hyd yn hyn, herian yn beryglus o agos at y ffin oedd eu pethau. Cymerai oes pys i brofi p'run ohonynt blannodd y stwff ym mhocedi hwn. Roedd y rheolwr wedi dweud na fuasai'n gallu eu hadnabod eto. Ond nid oedd y Prifathro am gymryd ochr Seimon Rees yn llwyr ychwaith; roedd am fod yn fwy cyfrwys. Heb gyhuddo neb yn blaen, mi wnâi rybuddio'r holl ddisgyblion yn y flwyddyn honno fod rhyw bethau wedi dod i'w sylw a'i fod yn ystyried yn ddwys beth i'w wneud yn eu cylch. Caent chwysu am sbel, heb wybod a oedd yn mynd i ddisgyn arnynt ai peidio.

Tra oedd yn sefyll yn swyddfa'r Prif, cafodd Seimon ei demtio'n arw i fwrw'i fol am yr holl bethau cas roedd wedi eu ddioddef oherwydd Boz, ond mi fuasent yn swnio mor dila petai'n eu rhoi mewn geiriau. Roedd ofn a chywilydd arno. Collodd ei gyfle ac ni soniodd ddim byd ar ôl cyrraedd adref chwaith. Nid oedd am boeni ei dad a'i fam.

Pennod 6

Roedd Boz gartref yn gwarchod y plant—yn anfoddog iawn, fel arfer. Yn un peth, ni adawai ei fam iddo wahodd Chiz na neb arall draw i fod yn gwmpeini iddo. Ni allai wneud dim byd yn ei gylch. Roedd hi'n nos Wener, noson i Terry a Tina fynd i'r Clwb. Roedd Jade a Joey wedi rhoi trafferth iddo, ac roedd hi wedi deg arnynt yn mynd i'w gwlâu. Yna, taflodd Joey lond cwpan o sudd oren dros y gwely a bu raid i Boz ei sychu. Yn ei ffrwst i gyrraedd y gwely sathrodd ar un o hoff deganau Joey, gan wneud i'r bychan weiddi nerth esgyrn ei ben. Wedi llwyddo i'w dawelu ar ôl hir a hwyr, aeth Boz i lawr y grisiau i wylio rhaglen deledu. Fel roedd y stori'n cyrraedd y diweddglo, clywodd Jade yn nadu o'i llofft. Roedd ganddi bigyn yn ei chlust. Collodd Boz ddiwedd y rhaglen wrth geisio ei thawelu hithau. Wedi blino, aeth i lawr unwaith eto a phenderfynu gwneud sglodion iddo'i hun i swper. Busnes trafferthus oedd hyn, ond doedd ganddo ddim dewis. Petai'n mynd i'r siop 'sgod a sglod' byddai'r hen sguthan drws nesaf yn sicr o ddweud wrth ei fam, fel y gwnaeth o'r blaen. A ph'run bynnag, roedd yn rhy hwyr i fynd yno.

Rhoddodd fideo ymlaen tra oedd yn disgwyl i'r saim boethi. Teimlai'n flin ac yn rhwystredig. Roedd y noson hon yn goron ar wythnos ddiflas ar y naw. Cawsai ei wahanu oddi wrth ei ffrindiau yn y dosbarth a doedd o ddim yn cael hanner cymaint o hwyl ag arfer. Hefyd roedd y Prif wedi bod yn chwythu bygythion tywyll. Roedd yr ansicrwydd yn mynd dan ei groen. Gwyddai yn ei galon fod y bygythion yn ymwneud â Sleimi a'r siop. Doedd o ddim wedi gwasgu ar Sleimi am y peth. Gwell peidio, 'falla. Deuai cyfle arall i'r fei: roedd Sleimi mor hawdd ei bryfocio. Daeth oglau olew i'w ffroenau. Mab yr hen sguthan drws nesaf yn poetsio hefo'i feic modur, siŵr o fod. Pam oedd o'n gwneud peth felly 'radeg yma o'r nos?

Roedd y fideo hwn yn un da. Roedd y dyn ar y sgrin rwan yn rêl *pervo*. Tybed fyddai *pervo* fel 'na'n cael ei 'chips'? CHIPS! Rhedodd i'r gegin a gweld y sosban saim yn mygu fel y coblyn. Roedd y gegin yn llawn mwg. Ar yr eiliad honno, ffrwydrodd y sosban a llamodd y fflamau'n uchel i'r awyr. Roedd gan Boz ddigon o synnwyr i droi swits y trydan i ffwrdd ac estyn am liain sychu llestri tamp a chaead, a'u gosod ar ben y sosban. Safodd fel delw nes bod y tân wedi'i ddiffodd ac yna dechreuodd grynu'n afreolus. Edrychodd ar y waliau a'r nenfwd. Roedden nhw newydd gael eu peintio. Ond doedd hynny ddim yn amlwg bellach, o dan yr haenen ddu o losg saim.

Hanner awr wedi un ar ddeg, a'i rieni'n dod yn ôl unrhyw funud! Dyna nhw, ar y gair, yn troi'r 'goriad yn y drws. Yn ôl ei lais, roedd ei dad yn amlwg wedi cael gormod i yfed. Daliodd Boz ei anadl. Gallai glywed un ohonynt yn sniffian.

'Mae rhywbeth yn llosgi,' meddai Tina. Gwthiodd

ddrws y parlwr yn agored a wynebu Boz. 'Brensiach, be sy wedi digwydd yma?' meddai.

Rhuthrodd ei dad i'r gegin gan regi. 'Mae o wedi rhoi'r lle ar dân, dyna be mae'r cythra'l bach wedi'i neud!'

'Damwain oedd hi,' meddai Boz trwy ei ddagrau.

'Y plant!' meddai ei fam. 'Lle mae'r plant?'

'Maen nhw'n iawn, Mam. Maen nhw yn eu gwlâu.'

Gwibiodd Tina i fyny'r grisiau i'w gweld. Roedd niwl tenau, ac oglau drwg arno, yn hongian yn yr ystafell ac fe agorodd hi'r ffenestri. Cysgai Jade a Joey'n sownd, trwy drugaredd. Pan ddychwelodd i'r parlwr, roedd Terry wrthi'n rhoi crasfa go iawn i'w fab.

'Be sy'n bod arnat ti? Wyt ti'n gall, d'wad? Fedar neb dy drystio di i neud dim yn iawn,' bloeddiodd ar Boz.

'Paid, Terry. Rwyt ti'n hanner 'i ladd o.'

'Piti iddo fo gael ei eni yn y lle cyntaf. Camgymeriad mwya nes i rioed.'

'Paid â dechra ar hynny. Mae'r plant yn iawn, mae o'n iawn. Dyna sy'n bwysig.'

'Dos allan o'r ffordd.' Cafodd hi glustan ganddo, ac eisteddodd ar y soffa dan grio'n hidl.

Roedd y ddiod a'i bwysau ei hun yn effeithio ar Terry, yn ogystal â'r ffaith fod Boz yn ei amddiffyn ei hun yn egnïol. Dechreuodd arafu a cholli ei wynt. Wedi gwaredu ei gynddaredd, aeth i'r gegin eto dan fwmial yn hyll dan ei wynt.

'Dos i dy wely,' meddai Tina'n frysiog wrth Boz.

Ufuddhaodd Boz ar unwaith. Gorweddodd yn effro am oriau. O'r diwedd, stopiodd y dadlau yn y parlwr a chlywodd Boz gamau ei dad a'i fam ar y grisiau, a drws eu llofft yn cau'n glep. Roedd y pethau a ddywedodd ei dad yn brifo'n fwy na'r cleisiau a welai ar ei gorff yn y bore. Byddai ei dad yn sôn amdano'n cael ei eni bob tro y byddai ffrae rhyngddynt. Roedd yn agos i ddeng mlynedd rhyngddo fo a Jade. Yn ddiweddar iawn roedd o wedi darganfod pam, a hynny gan y ddynes drws nesaf pan oedd hi'n siarad ar ei chyfer. Nid oedd ei dad a'i fam wedi priodi pan aned o. Camgymeriad oedd o. Yn nes ymlaen, gwelodd Terry fod Tina'n llwyddo'n reit ddel ar ei phen ei hun. Roedd yn eiddigeddus. Penderfynodd ei phriodi wedi'r cwbl. Doedd y cefndir hwn ddim yn broblem ar adegau normal, ond fe ddeuai i'r wyneb bob tro y collai Terry ei limpyn.

Pennod 7

Roedd Chiz yn byw ar stad Ael y Bryn. Fo oedd yr ieuengaf o bedwar bachgen a doedd y tri hŷn ddim yn ddylanwad da arno. Roedd pawb yn gytûn ynglŷn â hynny.

'Wrth gwrs,' byddai Miss Matthews yn ei ychwanegu wrth ddweud ei chŵyn wrth y Prifathro, 'dwi'n cadw mewn cof y ffaith fod y brodyr hŷn yn effeithio ar y gwalch. Ei fam druan, wedi cael ei gadael ar y clwt i fagu pedwar llanc fel nhw, ond wedi deud hynny . . .'

Byddai Mr Herbert, y Prif, yn cydymdeimlo. 'Cofiwch, Miss Matthews, mae'n wyrth bod Darren Chiswick cystal ag y mae o a chysidro ei gefndir.'

Roedd y brodyr hŷn wedi bod yn yr ysgol o'i flaen ac wedi tarfu ar fywyd yr ysgol ym mhob ffordd bosibl. Roedd y brawd nesaf at Chiz yn y fyddin ond roedd y ddau frawd hynaf yn dal i fyw gartref, y rhan fwyaf o'r amser. Trwsio moduron oedd eu busnes ac mi fyddai ffrynt eu tŷ bob amser yn llawn darnau diwerth o fetel a hen ganiau olew yn rhydu. Ni feiddiai neb gyffwrdd yn y rhain. Roedd gan y ddau lygaid barcud—os nad synnwyr goruwchnaturiol—i weld tresmaswyr. Ar ben hynny cadwent gi ffyrnig.

Roedd Seimon yn casáu mynd heibio i'w tŷ ar ei feic ar ei rownd bapur. Ers rhai wythnosau cawsai waith dosbarthu papurau bob nos a mwynheai'r tro ar ei feic. Roedd yn falch o gael defnyddio'i feic i bwrpas arbennig. Beic mynydd oedd o, a gawsai gan ei daid ychydig amser cyn ei farw. Roedd ei fam yn arfer edliw iddo na fyddai byth yn ei ddefnyddio, er bod trac wedi'i greu'n unswydd i reidio yn y parc. Ni soniodd wrthi ei fod yn gyndyn i fynd i'r parc rhag ofn iddo ddod ar draws Boz a'r criw yno. Gallai unrhyw beth ddigwydd mewn lle agored fel 'na. Roedd hi'n gofyn iddo weithiau a oedd ganddo ffrindiau i fynd hefo nhw am reid. Ni soniodd Seimon fod Boz wedi llwyddo i'w wneud mor unig â phetai'r gwahanglwyf arno. Nid oedd pawb mor gas wrtho â Boz a'i gynffonwyr, ond roedd gweddill y dosbarth yn ei gadw hyd braich. Doedden nhw ddim eisiau gwneud gelyn o Boz.

Ond cafodd Seimon gyfle i blesio'i fam pan gafodd gynnig y rownd bapurau. Roedd hi o'r farn y dylai fod ychydig yn fwy mentrus a bod swydd fach fel hon yn dysgu cyfrifoldeb ac annibyniaeth iddo. Felly, byddai'n cychwyn ar ei rownd bob nos tua phump o'r gloch ar ôl te bach a chyrraedd adref tua chwech i gael swper hefo'i dad.

Wedi codi'r papurau o'r siop ar y gornel, anelai olwynion y beic drwy'r strydoedd bach tai teras oedd wedi'u gosod mewn rhesi cris-croes, nes cyrraedd pont yr afon. Sboncio wedyn dros yr afon a'r olwynion yn tician-droi, ac arafu wrth ddringo'r allt at Ael y Bryn. Colli'i wynt bob tro erbyn troi i mewn i'r stad oedd wedi'i hadeiladu ar draws y llechwedd. Âi popeth yn rhwydd wedyn. Roedd y tai'n flêr, ond ar y Cyngor oedd y bai am hynny, meddai Siân Rees. Y Cyngor ddylai dalu am ailbeintio'r tu allan a llenwi'r bylchau yn y sment. Doedd dim llawer o foddhad mewn gwneud y gerddi'n ddel gan fod y cloddiau weiar rhyngddynt mewn cyflwr mor anniben. Roedd rhai o'r trigolion yn gwneud ymdrech, eu llenni les yn y ffenestri a'u golch glân yn chwythu ar y lein yn y cefn.

Daeth Seimon i adnabod rhai'n bur dda o ran eu golwg. Byddai'r hen ŵr oedd yn byw ar y pen yn pwyso yn erbyn postyn concrid y giât, a'r ddwy gymdoges ifanc yn siarad â'i gilydd y tu allan i ddrws y ffrynt weithiau tra oedd eu plant yn chwarae yn yr ardd o'u blaen. Ond yn hwyr neu'n hwyrach byddai'n rhaid galw heibio i dŷ Chiz. Yn aml iawn byddai Boz yno hefyd. Treuliai lawer o'i amser yno, yn rhyfeddu at hanesion y brodyr hŷn, eu gorchestion yfed cwrw, hel merched a chael y llaw uchaf ar y rhai oedd yn creu trafferth iddynt.

Roeddynt wedi mynd i'r arfer o aros am Seimon yn y dreif, tra byddai un o'r brodyr yn poetsian â'i feic modur. Byddent yn gollwng eu ci, croes rhwng *pit bull terrier* a *rottwelier*, yn ôl Chiz, o'i genel yn y cefn i'r ardd ffrynt. Byddai'r ci'n mynd yn wallgo wrth weld Seimon yn pasio a byddai'r brawd mawr yn mynd trwy'r ddefod o floeddio arno i ddangos pwy oedd y meistr. Ar ôl i Seimon daflu'r papur dros y giât, a'i galon yn ei wddf, clywai nhw'n rowlio chwerthin am ei ben.

Prif bwrpas ymweliadau Boz â chartref Chiz oedd trafod noson tân gwyllt. Roedd hi'n ganol mis Hydref yn barod ac yn hen bryd cynllunio rhywbeth. Roeddynt wedi addo'r sioe fwyaf erioed iddyn nhw eu hunain eleni. Ar ben y stryd lle roedd y Chiswicks yn byw roedd hen chwarel gerrig, lle delfrydol am goelcerth ac arddangosfa tân gwyllt.

'Rhaid i bawb ddŵad â thân gwyllt yno,' meddai Boz yn frwdfrydig, 'Sgerbwd, Gwyn Harris, John Morgan a'r lleill.'

'Mae Gwyn a John wedi mynd yn grach yn ddiweddar,' meddai Chiz.

'Dim ots. Gorau po fwya sy'n dod.'

'Be am y genod?'

'Zoë a Clare? Ie, nhw hefyd. Y dosbarth i gyd. Ar wahân i Sleimi, wrth gwrs.' Gwenodd Boz yn gam wrth ddweud y geiriau.

'Fyddan nhw ddim isio rhannu eu pethau.'

'Bydd rhaid iddyn nhw,' meddai Boz yn fygythiol.

'Mi gawn ni farbiciw yno hefyd,' awgrymodd Chiz.

'A bydd rhaid i bawb gyfrannu at hynny hefyd.'

'Argol, mae hon am fod yn dipyn o sioe!' cellweiriodd brawd hynaf Chiz.

'Wnei di'n helpu ni, yn gwnei?' meddai Chiz.

'Bydd rhaid imi, yn bydd? No wê allwch chi wneud hyn ar ych liwt ych hunain.'

Gwgodd Chiz. Gwelai ribidires o famau busneslyd a brodyr llai yn dod yn rhan o'r peth.

'A dwi'n ych rhybuddio rŵan,' parhaodd ei frawd, 'dim hyd yn oed sbio ar fatsien neu mae hi ar ben arnoch chi.'

'Be am y goelcerth? Sut gnawn ni hynny?' meddai Chiz, gan droi'n ôl at Boz.

'Hawdd. Mi heliwn ni sbwriel, hen goed a ballu, a gofyn i bawb wneud 'run fath. Caiff pawb ddod â'u pethau fesul tipyn a'u storio yn rhywle.'

'Wn i! Mi gawn ni 'u storio nhw yn y twll yno.'

'Pa dwll?'

'Lle mae o'n cadw ei stwff weithiau,' sibrydodd gan gyfeirio at ei frawd.

Deallai Boz. Roedd ceudod yn ochr yr hen chwarel, wedi'i gysgodi gan goed a drain, heb fod yn rhy uchel i osod y tanwydd yno a'i gario at y gwastatir yn y canol pan ddeuai'r amser.

Gwyddai Seimon fod rhywbeth ar y gweill a'i fod ef wedi cael ei adael allan ohono. Cerddai i mewn i wers weithiau a'u cael yn siarad yn afieithus ond yn distewi wrth ei weld. Nid ei fod yn siomedig. Tra oedd eu hegni'n mynd ar hyn, câi dipyn o lonydd ganddynt. Doedd dim rhaid bod yn athrylith i ddyfalu beth oedd dan sylw, a geiriau fel tân gwyllt, coelcerth a hen chwarel yn taro'i glust. O bryd i'w gilydd bwriai Gwyn a John olwg ymddiheurol arno. Zoë a Clare oedd y rhai uchaf eu cloch. Yn wahanol iddyn nhw, roedd y genod eraill yn cymryd rhan mwy goddefol yn y cynlluniau. Mwynheai Boz ddweud wrthynt beth i'w roi a sut i gyrraedd y safle, ond doedd dim gobaith sathru ar Zoë a Clare.

Roedd y ddwy'n byw y drws nesaf i'w gilydd mewn tai teras yn y stryd nesaf i Seimon. Roedd eu mamau'n ffrindiau pennaf, fel fersiynau hŷn o'r ddwy ferch. Rhoddent benrhyddid i Zoë a Clare, gan feddwl eu bod yn gwneud yn iawn am golli eu rhyddid eu hunain pan oeddynt yn ifanc. Symudodd mam Clare i fyw i'r stryd pan oedd Clare yn fabi. Tra oedd hi'n hongian dillad ar y lein, yn fuan ar ôl symud, edrychodd dros y wal a gweld mam Zoë'n gwneud 'run peth. Gallasent fod yn edrych ar eu delwau eu hunain mewn drych. Roedd ganddynt gymaint yn gyffredin: y ddwy â llygaid mawr, gwallt mawr a choesau hir, a hogan fach bob un. Roedd mam Clare yn gwerthu pethau ar ran cwmni catalog ac roedd mam Zoë'n gweithio yn yr archfarchnad. Roedd tad Clare wedi diflannu, hynny yw, wedi mynd yn ôl at ei wraig, ond o leiaf roedd o wedi cytuno i dalu'r morgais ar y tŷ yma, iddi hi a Clare gael cartref. Roedd tad Zoë wedi diflannu hefyd ac roedd ei mam wedi mynd yn ôl gartref i fyw hefo'i mam hithau, nain Zoë. Er i'r cyfarfod dros y lein ddillad ddechrau perthynas dda, roedd braidd yn rhy glòs. Ychydig iawn a ddysgodd y genethod erioed am deimladau pobl eraill.

Pennod 8

Dechreuodd y cymdogion gwyno ynglŷn â'r dorf o blant a heidiai'n ôl a blaen i dŷ Chiz. Roedd yn ddigon diflas gorfod dioddef y plant oedd yn byw ar y stad heb iddynt dynnu eu ffrindiau o'r tu allan yno hefyd i gadw twrw. Roedd gweld y taclau'n sefyllian mewn grŵp o dan y postyn lamp yn gwneud iddynt deimlo'n anesmwyth. Dechreuwyd cynnau ambell roced, wythnosau'n rhy gynnar. Ar ben hynny, roedd llawer o'r geriach oedd i'w weld yng ngardd y Chiswicks wedi gorlifo ar y pafin yn barod i'w gario at y chwarel. Roedd yn hawdd baglu drosto yn y tywyllwch a'r nosweithiau'n prysur dynnu i mewn.

Roedd yr hen ŵr oedd yn byw ym mhen pella'r rhes wedi cael llond bol ar y plant. Ei dŷ ef oedd nesaf at y chwarel, ac ef oedd wedi dioddef waethaf o'r tân gwyllt yn ffrwydro cyn pryd.

'Ble wyt ti'n mynd â'r ferfa 'na?' gofynnodd yn biwis, wrth i Boz fynd heibio am y trydydd tro â llond berfa o hen breniau at y goelcerth. Roedd y sŵn rhygnu dros y pafin yn mynd ar ei nerfau. Ni allai fwynhau ei smôc hwyrol wrth y giât.

'Coelcerth,' meddai Boz yn swta.

'Cadwa'n ddigon pell o'r tai, neno'r tad.'

'Pam?'

'Pam? Rhag ofn rhoi'r lle 'ma ar dân, yr hogyn gwirion i ti. Mae'r gwreichion yn beryg bywyd.'

'Dach chi'n meddwl y bydd y gwreichion yn

neidio hanner milltir o'r chwarel a glanio ar ych tŷ chi, fel *cruise missile*?'

'Paid ti â bod yn ddigwilydd hefo mi, y cena bach.'

'Dwi ddim!'

'Paid â f'ateb i'n ôl chwaith! Pwy sy wedi rhoi caniatâd ichi gynnau tân yn y chwarel? Mae gan y cyngor ddeddfau yn erbyn pethau felly.'

Doedd Boz ddim wedi meddwl am hynny.

'Dwyt ti ddim mor barod dy ateb rŵan,' meddai'r hen ŵr. 'Ro'n i'n meddwl jest.'

'Meindiwch ych busnes,' brathodd Boz. Ni allai feddwl am ddim byd mwy bachog i'w ddweud.

'Fy musnes i ydi o, a busnes pawb arall sy'n byw yma hefyd.'

'Caewch ych ceg!' meddai Boz, wedi colli arno'i hun. Doedd dadlau'n rhesymol ddim yn un o'i gryfderau. Roedd yn gwneud dyrnau â'i ddwylo ac yn ysu am eu defnyddio. A dim ond wythnos i fynd, oedd yr hen gono yma'n mynd i ddifetha popeth?

'Dim cyn imi gael gair hefo'r heddlu am hyn.' Roedd llygaid yr hen ŵr yn culhau. Siglodd ei fys a throi i fynd i mewn i'r tŷ.

Cyn iddo sylweddoli beth oedd o'n ei wneud, roedd Boz wedi gwthio'r giât yn agored a gafael ym mraich yr hen ŵr. Yr eiliad nesaf roedd hwnnw wedi syrthio i'r llawr ac yn methu symud. Trwy gil ei lygad gwelodd Boz Seimon yn gyrru'i feic heibio a'i law yn estyn y papur yn barod. Cyn pen dim roedd cylch bach o bobl wedi ymgasglu o'u cwmpas. Gwelodd y ddynes dros y ffordd y digwyddiad drwy ffenestr ei llofft. Hi a alwodd yr heddlu.

'Gwell peidio â'i symud,' meddai rhywun, 'rhag ofn ei wneud o'n waeth.'

Aeth wyneb Boz yn glaerwyn. Safai Seimon o fewn llathen iddo. Ddywedodd o 'run gair. Roedd o, fel Boz ei hun, wedi'i barlysu. Ymddangosodd brawd mawr Chiz o rywle, ac aeth ar ei union at yr hen ŵr.

'Lle dach chi'n brifo, Jac Jones?' gofynnodd, yn rhyfeddol o dyner.

Griddfanodd Jac. O leiaf roedd o'n fyw, meddyliai Boz. Cododd brawd Chiz ei ben yn ofalus ac edrych o'i gwmpas mewn penbleth. Aeth murmur pryderus drwy'r dyrfa fach.

Cyrhaeddodd yr Heddlu a'r Ambiwlans ar yr un pryd.

'Be sy wedi digwydd fan hyn?' gofynnodd y plismon.

Collodd y ddynes a welodd y cyfan reolaeth arni'i hun.

'Fo wnaeth.' Roedd hi'n crio a phwyntio'i bys at Boz. 'Rhuthro ato fel bustach ac ymosod arno!'

'Wnes i ddim!' gwaeddodd Boz. 'Wnes i ddim byd iddo fo. Do'n i ddim yn bwriadu'i frifo fo. Damwain oedd hi. Dim ond gafael yn ei fraich wnes i, i'w stopio fo rhag troi i ffwrdd.' Roedd dagrau yn ei lygaid.

'Pam faset ti'n gneud hynny?' gofynnodd y plismon iddo.

'Achos 'mod i isio deud rhywbeth wrtho fo.'
Swniai'r geiriau'n wan.

'Deud be, felly?'

Sylweddolodd Boz ei fod wedi'i faglu ei hun. Ni allai ddweud ei fod eisiau perswadio'r hen ŵr i beidio â sôn am y goelcerth wrth yr heddlu.

'Wnaeth rhywun arall weld be ddigwyddodd?' gofynnodd y plismon gan edrych o'i gwmpas.

'Yr hogyn yna,' meddai'r ddynes, gan gyfeirio at Seimon. 'Roedd o'n mynd heibio ar ei feic ar y pryd.'

'Gadewch iddo siarad drosto'i hun,' meddai'r plismon. 'Ydi hynny'n wir?' gofynnodd i Seimon.

Nodiodd Seimon. Pan gododd ei ben roedd Boz yn syllu arno, a'i edrychiad yn chwerw. Roedd Boz yn ei gasáu am fod yno, am iddo ei weld yng nghanol gweithred oedd i bob ymddangosiad yn llwfr. Bron nad oedd Boz yn beio Seimon am y peth, fel pe na bai wedi digwydd heblaw fod Seimon yno. Byddai'n rhaid iddo dalu am hyn.

'Dwi'n credu y dylet ti ddod i lawr i'r swyddfa hefo mi,' meddai'r plismon wrth Boz.

'Ond wnes i ddim byd!' protestiodd. Roedd ei freichiau'n troi fel melin.

'Paid â gwneud pethau'n waeth i chdi dy hun,' meddai'r plismon wrth ei arwain yn gadarn at fan yr heddlu.

Erbyn hyn roedd y dynion ambiwlans wedi codi Jac Jones a'i roi i mewn yn y cerbyd. Aethant i gyfeiriad yr ysbyty a sŵn y seiren yn atseinio drwy Ael y Bryn.

Wedi gosod Boz yn y fan, daeth y plismon yn ôl i gymryd enw a chyfeiriad Seimon, a'r gymdoges.

'Does dim isio i chdi fod ofn, was,' meddai wrth Seimon. 'Mi alwa i i gael datganiad gen ti. Mater o ddeud yn union be welaist ti. Dyna i gyd.'

'Fydd raid i mi fynd i'r cwrt?' gofynnodd Seimon, yn bryderus iawn.

'Mae'n bosib. Ond gad inni gymryd un peth ar y tro.'

Chwalodd y dyrfa ac yn fuan edrychai'r stryd yn normal eto, yn union fel pe bai'r helynt heb ddigwydd o gwbl.

Pennod 9

Edrychodd Boz o gwmpas yr ystafell lom, a düwch y nos yn llenwi'r ffenestr uchel. Teimlai fel petai wedi bod yma am hydoedd. Roedd plismones yn cadw cwmni iddo tra arhosai i'w dad gyrraedd. Roedd yn anodd iddo ddygymod â'i deimladau. Er nad oedd yn barod i gyfaddef hynny, roedd cywilydd arno, yn enwedig pan welodd ymateb y rhai oedd yn eistedd ac yn aros eu tro yn y cyntedd. Syllent arno mewn penbleth, gan drio dyfalu beth oedd o wedi'i wneud. Casgliad o bobl wahanol iawn oedd yno, fel y rhai sy'n mynychu'r adran ddamweiniau mewn ysbyty. Rhai ifainc, garw'r olwg oedd wedi bod yn ymladd fwy na thebyg, hen ddynes oedd i bob golwg wedi colli ei chath neu ei phwrs a phâr canol oed a golwg ddiflas arnynt. Roedd yn brysur iawn yma heno.

Beth petai'r hen ŵr wedi brifo'n ddrwg, neu waeth? Caeodd Boz ei lygaid. Ni wnâi feddwl ymhellach na hynny. Doedd o ddim wedi gafael ynddo'n galed iawn, nac oedd? A'r eiliad nesaf roedd yn grugyn diymadferth ar y llwybr. A fyddent yn coelio mai damwain oedd y cwbl? Aeth cryndod drwyddo wrth feddwl am orfod wynebu'i dad. Y tro diwethaf i'r math yma o beth ddigwydd, ar ôl y gêm bêl-droed, roedd Terry wedi bod yn syndod o gymedrol. Ond roedd o'n debyg o fynd yn orffwyll y tro hwn.

Bu'r plismon yn llym hefo fo ar ôl ei arwain i mewn i'r ystafell hon. Oedd y ddynes yn bresennol hefyd bryd hynny? Allai Boz ddim cofio. Roedd ei feddwl yn ddryslyd.

'Nid dyma'r tro cyntaf i chdi fod mewn helynt, nage?' meddai'r plismon wrtho.

Ysgydwodd Boz ei ben.

'Mae rhywbeth difrifol wedi digwydd y tro 'ma.'

'Wnes i ddim byd,' meddai Boz yn gryg.

'Ddeudais i mo hynny,' atebodd y plismon. 'Jest deud o'n i fod pethau'n digwydd pan wyt ti o gwmpas. Pethau na ddylen nhw ddim digwydd. Ai fel hyn mae pethau'n mynd i fod drwy'r amser?'

Cofiodd Boz yn sydyn fod y ddynes yn bresennol gan ei bod hi wedi crychu'i thalcen ar y plismon ac yntau wedi dweud 'O'r gorau' dan ei wynt a mynd o'r ystafell.

'Fydd dy rieni di ddim yn hir,' meddai hi'n dawel wrth Boz. 'Wyt ti isio panad o de?'

Ysgydwodd Boz ei ben. Roedd meddwl am yfed unrhyw beth yn gwneud iddo deimlo'n sâl.

Ymhen hir a hwyr, cyrhaeddodd Terry Boslow. Roedden nhw wedi dod o hyd iddo yn y dafarn, ac roedd o mewn cyflwr braidd yn rhyfedd. Ni fuasai neb dieithr yn sylwi, efallai, ond roedd yn amlwg i unrhyw un oedd yn ei adnabod ei fod yn fwy tafodrydd nag arfer. Clywodd Boz ei lais yn atsain ar hyd y coridor cyn iddo ddod i mewn i'r ystafell gyf-weld. Er mawr ryddhad i Denny, gwelodd fod ei fam yn ei ddilyn, yn ddistaw a dagreuol.

'Be wyt ti wedi bod yn neud rŵan?' gofynnodd Terry Boslow i Denny. 'Mae o mewn oedran chwithig iawn, cofiwch,' meddai wrth y plismon.

'Dweud ti yn union be ddigwyddodd, Denny,' meddai'r plismon, a oedd yn eistedd gyferbyn â fo. Roedd y ddynes yn hofran yn y cefndir.

'Dwi am gael twrnai gyntaf!' meddai Terry Boslow.

'Dydan ni ddim wedi ei gyhuddo o ddim byd eto, Mr Boslow,' meddai'r plismon. 'Rydan ni jest isio cael goleuni ar yr holl sefyllfa.'

'Deud ti, Denny, yn union sut oedd pethau. Mae rhyw gamgymeriad wedi digwydd, Sarjant. Fasa'r hogyn byth yn gneud dim byd difrifol. Dim ond rhyw fân bethau, fath â phawb yn ei oed o.'

Edrychodd yr heddwas ar Terry Boslow gan gyfleu iddo nad oedd i fod i siarad ar draws.

Esboniodd Boz orau y gallai. Roedd y plismon yn cymryd nodiadau, ac wedi i Boz orffen ei stori pwysodd yn ôl yn ei gadair.

'Mae'n fusnes cymhleth iawn,' meddai. 'Mae 'na dystion hefyd, wrth gwrs, ac mae llawer yn dibynnu ar eu hadroddiad nhw.'

Cofiodd Boz am yr hen drwyn o ddynes oedd mor falch o ladd arno ar bob cyfle posib, a'r hen Sleimi. Roedd golwg mor ddiniwed arno fo. Pam bod rhaid iddo fo fod yn iawn bob amser? A pham bod rhaid iddo fo fod yn pasio ar yr union adeg honno? Roedd Sleimi'n haeddu cosb go iawn am hyn.

'Ac yn bwysicach na dim,' ychwanegodd y plismon, 'rydan ni'n disgwyl clywed gair o'r ysbyty.'

Ar hyn daeth swyddog ifanc i mewn. Rhoddodd ddarn o bapur i'r plismon a sibrwd y gair 'ysbyty'. Darllenodd hwnnw y nodyn a chymryd ei amser cyn dweud gair. Cafodd yr effaith yr oedd yn ei dymuno. Roedd pob eiliad yn teimlo fel awr i Boz a'i rieni.

'Wel, Mr a Mrs Boslow,' meddai o'r diwedd, 'mae'n ymddangos fod Mr Jones yn ymwybodol unwaith eto. Mae o wedi torri asgwrn ei goes yn reit ddrwg.'

'Ydi o'n mynd i fod yn iawn?' gofynnodd Boz yn bryderus.

'Mae'n rhy gynnar i ddweud eto. Ond mae llygedyn o obaith ar y funud.'

'Mi gawn ni fynd â hwn adra, felly,' meddai Terry Boslow, gan amneidio at ei fab. 'Yr hulpyn dwl, rwyt ti'n giamstar ar dynnu pethau yn dy ben.' Edrychai fel petai ar fin ymosod ar ei fab.

'Dwi'n ei roi o'n ôl i'ch gofal chi, Mr Boslow, ar yr amod y byddwch chi'n ei drin o mewn modd derbyniol. Os clywa i i'r gwrthwyneb, bydd raid iddo fynd i gartref plant er ei fwyn ei hun ac mi fydd yna ganlyniadau difrifol!'

Serch y rhybudd, clywai'r plismon lais cryf, blin Boslow yn atsain ar hyd y coridor wrth iddynt gerdded yn ôl i'r fynedfa.

'. . . a dy fam wedi gorfod mynd â'r plant at ei chwaer hefyd, er mwyn cael dod yma i dy nôl di,' dywedai. Roedd y fam yn dal i grio i'w hances. Gobeithiai'r plismon y byddai Boslow wedi cael gwared â'i dymer ddrwg erbyn i'r teulu gerdded i fyny'r allt at eu cartref. Diolch i'r drefn ei fod wedi gwahardd Boslow rhag dod â'r fan, ac yntau yn ei gyflwr presennol.

*   *   *

Daeth cnoc ar y drws ben bore dydd Sadwrn. Brysiodd Siân Rees i'w ateb. Hi oedd yr unig un oedd wedi codi. Dychrynodd am ei bywyd pan welodd blismon yn sefyll o'i blaen. Seimon ddaeth i'w meddwl yn syth. Ond roedd o yn ei wely, on'd oedd? Ceryddodd ei hun yn dawel am fod mor wirion.

'Be sy'n bod?' gofynnodd.

'Dim byd mawr. Ro'n i jest isio cael gair â Seimon, Mrs Rees.'

'Dowch trwodd i'r parlwr. Mi alwa i arno fo. Seimon!'

Roedd Seimon wedi clywed y curo, ac yn gwybod pwy oedd yno. Rhuthrodd i wisgo'i jîns a'i grys trwchus amdano cyn gynted ag y gallai.

'Gobeithio nad ydi o ddim mewn unrhyw berygl,' meddai Siân cyn i Seimon gyrraedd yr ystafell. Roedd o wedi bod yn ymddwyn yn rhyfedd neithiwr, meddyliai.

'Perygl?' meddai'r plismon. 'Pam perygl?'

'Wel, mae o'n hogyn da, felly does dim posib ei fod o mewn trwbl o unrhyw fath.'

Daeth Seimon i mewn yn ochelgar.

'A' i i nôl 'y ngŵr,' meddai Siân.

Y munud nesaf roedd y tri yn eistedd ar y cadeiriau esmwyth ac yn wynebu'r plismon. Roedd o wedi dewis un o'r cadeiriau wrth y bwrdd cinio. Tynnodd lyfr nodiadau a beiro allan o'i boced.

'Dwi am i chdi ddeud wrtha i'n union be welaist ti neithiwr yn Ael y Bryn, Seimon. Yn dy eiriau dy hun.' Ychwanegodd y frawddeg olaf pan welodd rieni'r hogyn yn tynnu anadl yn barod i ymuno yn y sgwrs. Roedd yn amlwg nad oedd o wedi sôn wrthynt am y peth. Pam, tybed?

Adroddodd Seimon yr hanes.

'Wyt ti'n siŵr na wnaeth Denny Boslow mo'i daro fo i lawr yn fwriadol?' Roedd y plismon yn craffu arno.

'Ydw, syr. Roedd o jest yn trio tynnu'i sylw.'

'Oes gen ti syniad pam?'

'Nac oes. Jest pasio o'n i. Dydi Boz—Denny Boslow—ddim yn un o'm ffrindiau.'

'Sut un ydi o?'

'Wel, mae'n . . . mae'n . . .' Edrychodd Seimon o'r naill wyneb i'r llall am ryw fath o gymorth.

'Mae o wedi rhoi llawer o loes i Seimon,' meddai ei fam o'r diwedd.

'Dwi'n gweld,' meddai'r plismon yn ddifrifol. 'Wel, Seimon, efallai bydd angen i chdi ddod i'r stesion yn nes ymlaen i roi datganiad swyddogol.'

'Efallai?' ailadroddodd Brian Rees.

'Mae'n dibynnu a fydd Mr Jac Jones yn dod â chyhuddiadau yn erbyn Denny ai peidio.'

'Sut mae o?' gofynnodd Seimon.

'Wedi torri'i goes ac wedi cael *concussion*, dwi'n credu. Ond mae o'n gyfforddus yn yr ysbyty,' ychwanegodd y plismon gan wenu.

'Pam na ddywedi di wrthon ni be sy'n mynd ymlaen?' gofynnodd Siân Rees i'w mab wrth iddynt gau'r drws ar yr ymwelydd.

Doedd gan Seimon ddim ateb i hyn. Nid oedd ef ei hun yn deall pam na allai ymddiried yn ei rieni a rhannu'i brofiadau hefo nhw. Ond nid plentyn oedd o bellach, wedi'r cwbl. Roedd yn awyddus i ennill ei frwydrau ei hun. Dyna ran o'r rheswm.

'Dwi ddim yn credu y caiff o lawer o drafferth gan yr hogyn Boslow 'na eto,' meddai Brian. 'Mae'r cyfan yn nwylo'r heddlu rŵan. Be wyt ti'n feddwl, Seimon?'

Doedd Seimon ddim yn siŵr. Bu'n effro drwy'r nos bron yn poeni am y peth. A fyddai'n rhaid wynebu Boz yn y llys barn? Roedd y syniad yn gwneud i'w stumog gorddi.

*   *   *

Cymerodd y bws dri chwarter awr i gyrraedd yr ysbyty, wedi iddo ymdroelli trwy'r strydoedd ar gyrion y dref a'r pentrefi cyfagos. Mwynheai

Seimon y profiad o weld stadau o dai na wyddai fawr ddim amdanynt o'r blaen. Roeddynt yn edrych fel cymdogaethau clyd, wedi'u hen sefydlu. Roedd digon o wyrddni ym mhob man o hyd, a gwrychoedd bytholwyrdd yn amgylchynu rhai o'r gerddi. Pe bai'n byw yn y fan hon, byddai'n cael mynd i ysgol arall.

Aeth y bws yn syth at fynedfa'r ysbyty. Roedd yn adeilad enfawr ac aeth Seimon yn syth at y ddesg ymholiadau i holi ym mha ward oedd Jac Jones. Yna, i lawr y coridor eang, trwy ddrysau dwbl ac i'r dde tuag at y lifft. Roedd pobl yn mynd a dod, rhai'n gleifion, rhai'n berthnasau a edrychai'n bryderus, a rhai'n feddygon a nyrsys oedd yn cerdded yn sionc, yn gyfarwydd iawn â'r lle ac â'i gilydd.

'Os gwelwch yn dda,' meddai Seimon wrth un o'r nyrsys a safai yn y swyddfa fach ym mhen blaen y ward, 'fedrwch chi ddeud wrtha i lle mae Mr Jac Jones?'

Gwenodd y nyrs arno wrth ei weld yn dod â bocs o siocled yn ei law. 'Welwch chi sgrin rownd y gwely ar y chwith? Mae o yn yr un drws nesa, 'rochor draw.'

Teimlai Seimon yn hunanymwybodol wrth gerdded heibio i'r bobl orweiddiog ar bob ochr. Roedd bron pawb yn hen a rhai'n cysgu. Roedd un neu ddau o ymwelwyr yn sefyll wrth erchwyn ambell wely. Doedd Jac Jones ddim yn ei adnabod i ddechrau. Cyflwynodd Seimon ei hun iddo.

'Wedi dod i edrych amdanoch,' meddai wrtho.

Rhoddodd y siocled ar y troli oedd yn pontio'r gwely.

'Chdi ydi'r bachan oedd yn mynd heibio pan wnes i syrthio!' meddai'r hen ŵr. 'A rwyt ti wedi dod â fferins imi? Wel, diolch yn fawr.'

'Fi sy'n rhoi'r papur hwyr trwy'ch drws.'

'Wrth gwrs. Dwi'n cofio dy wyneb di rŵan.'

'Dach chi'n well, Mr Jones?'

'Wel, ydw, diolch i'r drefn. Mae mor hawdd cael codwm yn fy oed i. Mi ddylwn i fod yn llai byrbwyll. Trio symud yn rhy gyflym o'n i.'

'Damwain oedd hi?'

'Wel ia, siŵr iawn. Maen nhw wedi gofyn imi oedd rhywun wedi rhoi hergwd imi. Roedd yr hen hogyn digwilydd 'na yno ar y pryd—yr un sy'n byw a bod yn nhŷ'r Chiswicks—ond wnaeth o ddim byd o'i le, wst ti.'

'Felly ro'n i'n amau,' meddai Seimon. 'Dydi o ddim wedi suddo mor isel â hynny, gobeithio.'

'Sut?'

'Dim byd o bwys. Siarad â mi fy hun o'n i.'

'Nid 'mod i'n cofio llawer am y peth. Maen nhw'n deud imi fod yn anymwybodol am dair awr!'

'Am beth oedd Boz—Denny—'rhen hogyn digwilydd —yn rwdlan pan syrthioch chi?'

'Wyddost ti be, alla i yn 'y myw gofio. Dim byd o bwys, rhaid gen i.'

'Felly, fydd o ddim yn gorfod mynd o flaen ei well?'

'Duwcs, na fydd. Dwi ddim am iddyn nhw 'i gyhuddo fo o rywbeth na wnaeth o ddim.'

Doedd Seimon ddim yn sicr sut i dderbyn y newydd hwn. Roedd yn ollyngdod mawr gwybod na fyddai'n gorfod wynebu Boz a dweud rhywbeth damniol amdano yn y llys. Ar y llaw arall, buasai'n croesawu ei weld o'n dioddef am newid. Os nad oedd yn gyfrifol am hyn, roedd yn gyfrifol am lawer o bethau gwael eraill.

'Be sy'n bod?' holodd Jac Jones. Ac yna, ar ôl saib, 'Wyt ti'n cael dy hambygio gynno fo?'

Edrychodd Seimon i fyny'n syn. 'Be sy'n gneud ichi feddwl hynny?'

'Dim ond rhywbeth ddwedaist ti gynnau fach. Rhywbeth pan oeddat ti'n siarad â chdi dy hun.'

Roedd Jac Jones yn graff iawn, meddyliodd Seimon. Syllodd ar ei ddwylo yn lle ateb.

'Gwranda, 'ngwas i, 'sai'n well o lawer i chdi ddeud wrth y Prifathro.'

Nodiodd Seimon. 'Mi wna i, ar ôl imi drio setlo pethau'n hun gynta.'

'Dallt hynny. Ond paid ag aros yn rhy hir. Fiw ichdi fod yn styfnig.'

Roedd rhaid i Seimon gyfaddef fod Jac Jones yn llygad ei le.

Gwenodd arno. 'Mi ofynna i am help pan fydd raid, dwi'n addo.'

'Da, 'ngwas i.'

Gadawodd Seimon ef, gan addo galw i'w weld eto pan fyddai wedi cael ei anfon adref.

'Diolch byth ei fod o'n well, yr hen greadur,' meddai ei fam wrth iddo agor drws y ffrynt.

'Sut dach chi'n gwybod?'

'Mae'r heddlu wedi galw tra oeddet ti yno. Fydd dim rhaid i chdi roi tystiolaeth wedi'r cwbl.'

'Felly ro'n i'n casglu o'r ffordd roedd Jac Jones yn siarad.'

Pennod 10

Roedd y cymdogion yn Ael y Bryn yn amlwg wedi anghofio popeth am y ddamwain, diolch i'r ffaith fod Jac Jones yn gwella yn yr ysbyty. Roedd Boz i'w weld fel arfer yn potsian hefo Chiz a'i frodyr ar ddechrau'r wythnos ddilynol, ond anwybyddu Seimon wnaethon nhw. Roedd Boz yn dawedog yn yr ysgol hefyd. Llwyddodd i gadw'i ben yn isel ynglŷn â stori Jac Jones a chafodd Seimon lonydd am rai dyddiau. Serch hynny, gwyddai Seimon fod rhywbeth yn mud-losgi. Gallai ddweud ar ei wyneb fod Boz yn magu gelyniaeth. Hefyd, bu llawer o sibrwd a rhoi pennau ynghyd a distawrwydd rhyfeddol pan ddeuai Seimon i'w hymyl. Efallai mai dim ond sôn am noson tân gwyllt oedden nhw, ond go brin.

Ychydig ddyddiau cyn y noson fawr, daeth Seimon yn ôl o'r rownd bapurau, ar hyd y lôn gefn a thrwy'r drws yn y wal. Cadwodd ei feic yn y sièd fel arfer a cherdded rhwng y tybiau, oedd yn llawn blodau o hyd, at ddrws y cefn. Roedd ei dad yn aros amdano.

''Drycha,' meddai, gan estyn bocs mewn papur llwyd iddo, 'dwi wedi dod â'r rhain i chdi.'

Agorodd Seimon y bocs. Roedd yn llawn o dân gwyllt o bob math. Gwenodd wrth eu gweld.

'Ro'n i'n meddwl y gallen ni gael ein sioe ein hunain yn y cefn,' meddai ei dad. 'Ac os oes 'na rywun rwyt ti isio'i wadd . . .'

'Diolch, Dad,' meddai Seimon. 'Dwi ddim isio neb arall. Y flwyddyn nesa ella.'

* * *

Atebodd Tina'r teleffon, gan obeithio mai ei chwaer oedd ar y pen arall. Roedd yn amser da iddi gael sgwrs hefo'i chwaer. Roedd y plant newydd gael eu te ac wedi'u sodro o flaen y teledu. Roedd Terry'n debygol o fod allan am sbel eto, ac ni fyddai Denny'n torri ar ei thraws, hyd yn oed petai'n cerdded i mewn y funud nesaf.

'Mam?' daeth y llais o'r pen arall.

'O, Denny, chdi sy 'na.' Swniai hi'n siomedig, yna'n flin. 'Lle rwyt ti? Dwyt ti byth adra'r dyddiau 'ma.'

'Dwi yn tŷ Chiz.'

'Waeth i chdi symud i mewn ato fo ddim!'

'Mae gynnon ni bethau i'w gneud.'

'Os bydda i fyw i fod yn gant, fydda i byth yn dallt be sy'n mynd â chymaint o dy amser di.'

'Dim ond ychydig o ddyddiau sy 'na eto. 'Dan ni'n trefnu noson tân gwyllt. Mam, ga' i aros dros nos yma heno?' Gofynnodd y cwestiwn yn gyflym.

''Swn i'n meddwl bod gan ei fam druan o ddigon o hogia yno'n barod heb dy gael di hefyd.'

'Does dim ots ganddi, wir. Mae o'n fusnas pwysig iawn, Mam.'

'Pwysig? Rhad arnat ti fod pethau mor fach yn edrych mor bwysig!'

'Wel?'

66

'Gobeithio nad wyt ti ddim yn mynd i wneud drygioni.'

'Nac ydw, Mam.'

Doedd ei lais ddim yn ei ddarbwyllo, ond roedd yn haws ildio na gwrthod. Roedd yr hogyn wedi cael llawer o gam yn ddiweddar. Anwybyddodd y darlun a ddaeth i'w meddwl o fam Darren Chiswick, yn ei mudandod arferol, yn methu cadw trefn arnynt.

'Iawn,' meddai hi'n flinedig.

'Diolch, Mam.'

Ochneidiodd Tina. Beth oedd hi'n mynd i'w ddweud wrth Terry?

*   *   *

Roedd hi'n noson dywyll ac oer. Gorweddai Seimon yn ei wely yn y llofft gefn, yn gwrando ar y glaw yn curo yn erbyn y ffenestr. Bob hyn a hyn deuai gwth o wynt cryf, gan wneud i Seimon deimlo'n glyd dan y dŵfe. Gallai glywed sŵn crafu ar y llwybr concrid. Rhaid bod y gwynt wedi chwythu'r potyn pridd drosodd. Yna, clywodd sŵn a wnaeth iddo eistedd i fyny'n syth fel 'styllen. Sŵn gwydr yn torri. Oedodd am eiliad i drio gwneud synnwyr o'r peth. Yna, symudodd at y ffenestr, agor y llenni'n ofalus a chraffu allan. Ni allai weld dim, roedd popeth mor ddu. Doedd dim symudiad na sŵn dynol i'w glywed, beth bynnag. Aeth yn ôl i'w wely. Roedd rhywbeth wedi malu yn y gwynt, potel lefrith efallai.

Byddai'n ddigon buan i fynd i archwilio yn y bore. Wrth syrthio'n ôl i gysgu, gallai daeru fod lleisiau'n dod o'r lôn gefn. Arferai rhai o'r hogiau grwydro tan oriau mân y bore. Hwyl roedden nhw'n ei alw fo, ond ar noson fel hon? Go brin.

'Wnest ti adael drws y sièd yn agored neithiwr ar ôl cadw dy feic?' gofynnodd Brian i Seimon amser brecwast.

'Naddo,' atebodd Seimon. Doedd ei feddwl ddim wedi dechrau gweithio eto.

'Wel, mae o wedi cau'n glep yn y gwynt neithiwr a thorri'r ffenestr.'

Cafodd Seimon fraw, ond ceisiodd beidio â dangos hynny. Roedd yn amau'r gwaethaf yn syth.

'Ro'n i'n meddwl 'mod i wedi'i gau o'n iawn,' meddai.

'Mae 'na wmbredd o waith trwsio i'w wneud rŵan,' cwynodd Brian.

'Roedd y cwarel yna braidd yn rhydd,' meddai Siân.

''Lasai fod wedi para tan yr haf.'

'Dwyt ti ddim yn meddwl fod rhywun wedi dod i mewn o'r lôn fach, wyt ti?' meddai Siân yn sydyn.

'Rydan ni'n cloi'r drws yn y wal bob amser, yn tydan?' atebodd Brian yn biwis braidd. 'Dwi'n hwyr i'r gwaith. Wela i chi heno.'

'Rhaid i minna fynd, Mam,' meddai Seimon ar ôl i'w dad adael y tŷ. 'Mi a' i drwy'r cefn y bore 'ma.'

Roedd yn gweddïo na fyddai ei fam yn codi a'i weld drwy ffenestr y gegin yn bwrw golwg dros y sièd. Fel yr oedd yn amau, roedd y beic wedi diflannu. Fel mewn ffilm, roedd yr olygfa'n datblygu o flaen ei lygaid. Doedd hi ddim yn anodd iddynt ddyfalu lle cadwai ei feic. Roedd y taclau wedi dringo dros y wal, dwyn y beic, dadfolltio'r drws yn y wal a gwthio'r beic trwodd i'r lôn gefn. Roedden nhw wedi dewis eu noson yn dda, a'r tywydd yn help i guddio'r sŵn. Y peth a wylltiodd Seimon fwyaf oedd meddwl amdanyn nhw'n cuddio y tu ôl i'r sièd tra oedd o'n edrych allan drwy'r ffenestr. Rhaid eu bod wedi dychryn pan aeth y gwynt â'r drws a thorri'r gwydr.

Ond roedd Seimon yn mynd i gael ei feic yn ôl, oedd wir. Un peth oedd yn achosi penbleth iddo. Sut oedd Boz wedi llwyddo i ddianc liw nos? Onid oedd ei dad yn cadw llygad barcud arno ers y digwyddiad yn Ael y Bryn? Roedd achos Chiz yn wahanol. Roedd ei fam wedi encilio i'w byd ei hun ers tro, ac fe gâi wneud beth fyd a fynnai a hithau ddim mymryn callach. Peth arall oedd yn ei boeni: sut oedd o'n mynd i gadw'r newydd am y beic rhag ei fam a'i dad? Doedd ganddo fo ddim calon i ddweud wrthyn nhw. Byddai'n rhaid dweud celwydd golau nes ei gael yn ôl. Ar ei ffordd i'r ysgol, galwodd i mewn i'r siop bapurau.

'Fydda i ddim yn gallu dosbarthu'r papurau o hyn ymlaen,' meddai wrth y perchennog. 'Dwi wedi colli fy meic.'

'Hen dro,' meddai'r perchennog, wrth hidlo

drwy'r cylchgronau. 'Tyrd yn ôl pan fedri di. Rwyt ti'n weithiwr da.'

* * *

Pan gyrhaeddodd Seimon yr ysgol, ni chymerodd arno fod dim o'i le. Roedd Boz wedi cael gwedd-newidiad. Yn lle'r wyneb cuchiog a'r osgo cefngrwm a ddangosai i'r byd yn ddiweddar, roedd wedi adfer ei hen rodres. Roedd yn falch ohono'i hun ac roedd o a Chiz yn edrych yn slei ar ei gilydd bob hyn a hyn yn ystod cofrestru. Roedd y cynffonwyr eraill yn cilwenu o bryd i'w gilydd hefyd. Roedd Zoë a Clare yn falch fod Boz mewn hwyliau da y bore 'ma. Roeddynt wedi colli'r fraint o fod yn rhan o'i gynlluniau ers y digwyddiad anffodus. Nid oedd wedi ymateb i'w hymdrechion cyson i dynnu sylw atynt eu hunain. Ond rŵan, roedd yr awyrgylch yn llawn cyffro a chwilfrydedd eto a chaent wybod y manylion am neithiwr yn y man. Mathemateg oedd y wers gyntaf.

'Mae'n warthus,' meddai Miss Matthews, 'nad ydi pobl ych oed chi ddim yn gwybod y tablau. Bydd rhaid ichi jest fynd trwyddyn nhw fel plant yn yr ysgol gynradd, dyna i gyd. Unwaith eto, felly, os bydd wyth lorri chwe olwyn angen teiars newydd, faint o deiars sy angen i gyd?'

'Pam na chawn ni wneud y syms hefo beics, Miss?' bloeddiodd Sgerbwd. Llanwyd yr ystafell â chwerthin afreolus. Edrychai John a Gwyn ychydig yn anghysurus.

Yn ddiweddarach y diwrnod hwnnw, roedd yr un math o ddoniolwch ar gael yn y wers Gymraeg. Cyfrol o storïau byrion oedd dan sylw.

'Gawn ni ddarllen hon, Miss?' gwaeddodd Chiz. '*Olwynion.*' A'r dosbarth yn eu dyblau eto.

'Maen nhw mewn hwyliau gwirion heddiw,' meddai Miss Richards, Cymraeg, wrth Mr Lewis, Chwaraeon, wrth i'r ddau groesi llwybrau rhwng gwersi.

'Dydi hynny ddim yn beth newydd!'

'Dydyn nhw'n aeddfedu dim, nac ydyn?'

'Dwi'n gwybod be faswn i'n wneud taswn i'n cael fy ffordd.'

'Be?'

'Cael gwared ar Denny Boslow!'

Ffrangeg oedd gwers olaf y dydd. Gwahanol ffyrdd o deithio i'r ysgol oedd y testun.

'Gofynnwch i Seimon ydi o'n dod ar ei feic, Miss!' Llais Zoë.

'Be sy mor ddoniol am hynny?' gofynnodd Miss Timpson. Roedd hi'n methu deall pam fod cais y ferch wedi achosi cymaint o chwerthin.

Roedd wedi bod yn ddiwrnod ar y naw, ac roedd tasg ddiflas arall yn wynebu Seimon.

'Dwi ddim yn mynd ar fy rownd bapurau eto am sbel,' meddai wrth ei fam amser te.

'Pam?' meddai ei fam. 'Ro'n i'n meddwl dy fod ti'n mwynhau gneud hynny.'

'Dydi pobl y siop ddim fy angen i ar y funud.'

'Rwyt ti wedi bod yn gneud y job yn iawn 'ndo?'

'Do, do. Dim hynny ydi o. Does dim llawer o alw am y papur lleol i fyny yn Ael y Bryn.'

Teimlai'r gwaed yn rhuthro i'w wyneb ac yn llosgi ymylon ei glustiau. Teimlai gywilydd am ddweud anwiredd wrth ei fam a hefyd am golli'r beic drwy ladrad. Yna teimlai storm o ddicter yn llifo drosto. Pam y dylai o deimlo'n euog o gwbl am rywbeth na wnaeth mohono? Roedd yn dyheu am weld Boz yn cael ei gosbi. Rywdro, roedd o'n mynd i'w chael hi.

Pennod 11

'Hei, Sleimi, lle mae'r beic?'

Roedd y geiriau hyn yn ei gyfarch o bob cyfeiriad yn yr ysgol y bore wedyn. Nid ymatebodd mewn unrhyw ffordd. Ni allai rhywun yn ei sefyllfa o wylltio na bygwth, heb sôn am apelio. Smalio nad oedd ots ganddo, dyna'r ffordd orau iddo. Aros ac aros yn amyneddgar am arwyddion.

Byddai mor braf petai Boz yn symud ysgol, neu'n cael salwch hir, un marwol hyd yn oed. Piti bod Jac Jones wedi gollwng yr achos. Buasai'n eitha gwaith â Boz i orfod sefyll o flaen ei well a chael blas go iawn o ofn. Fyddai o byth yn maddau i Boz am fusnes y beic, hyd yn oed ar ôl ei gael yn ôl.

Rhaid gwneud tipyn o waith ditectif i ddod o hyd iddo. Roedd ei ymdrechion ddoe'n rhy fras. Ei roi ei hun yn lle Boz, astudio sut oedd ei feddwl yn gweithio, dyna a wnâi. Dechreuodd yn y mannau amlycaf yn gyntaf. Clywsai rywun yn dweud fod yr ateb i'r rhan fwyaf o ddirgelion dan drwyn rhywun. Chwiliodd bob twll a chornel yn yr ysgol. Cafodd drafferth mawr i wneud hynny, gan fod Boz neu ei ffrindiau yn ei wylio bob cam.

Gwnaeth esgus i fenthyg brws a rhaw gan y gofalwr amser egwyl er mwyn cael gweld y tu mewn i'r cwpwrdd pethau glanhau. Doedd dim sôn am y beic yno ymysg yr offer llychlyd a'r oglau cwyr. Tra oedd pawb arall yn bwyta eu cinio aeth ar sgowt drwy'r adeiladau yn eu bloc nhw, y tai bach a'r ystafell loceri, gan sbecian drwy ffenestr pob ystafell ddosbarth. Roedd pob man yn llwm ac yn wag. Roedd tolciau ar y wal, a haen denau o fwd ar y llawr.

'Be wyt ti'n neud yma?' Daeth llais blin Mr Parry, Ffiseg, o'r tu ôl iddo. Roedd 'goriadau'n tincial yn ei law. 'Dylet ti fod allan ers meitin.'

Nid atebodd Seimon.

'Wel, gan dy fod ti mor hoff o aros i mewn,' ychwanegodd Mr Parry, 'mi gei ddod i roi help i mi i roi trefn ar y labordy.'

Roedd Seimon yn falch o gael cyfle i archwilio'r labordy. Roedd ystafell fach gefn yno a lle dan y meinciau i guddio pethau. Tybed a fedrai berswadio Mr Parry i adael iddo dacluso'r labordai Bywydeg a Chemeg hefyd? Wedyn, sylweddolodd pa mor ofer oedd yr holl chwilio am y beic yn y labordai i fyny'r grisiau. Brysiodd i orffen y gwaith a roddodd Mr Parry iddo ac wedyn rhedeg at y sièd feiciau. Allai dim byd fod mor amlwg o dan drwyn na hynny. Wrth gwrs, dyna lle buasai Boz wedi'i guddio.

'Chwilio am rywbeth, Sleimi?' Roedd y pwyllgor croeso yno, yn aros amdano. Cododd chwa o chwerthin gwawdlyd eto. Trodd Seimon i ffwrdd. Roedd cipolwg sydyn dros y beiciau wedi dangos nad oedd ei un o yn eu plith.

Chwaraeon oedd gwers ola'r prynhawn. Roedd Seimon wedi bod yn aros trwy'r dydd am y cyfle i grwydro o gwmpas y cae rhag ofn bod y beic yn gorwedd yn y ffos yng nghanol y mieri, neu wedi'i daflu dros y clawdd i gae'r ffermwr a ranai ffin â'r ysgol. Wrth lwc, roedd dewis o naill ai chwarae pêl-droed neu redeg traws-gwlad y prynhawn hwnnw. Ond welodd Seimon ddim golwg o'r beic o gwbl er ei fod wedi rhedeg o gwmpas cae'r ysgol deirgwaith. Aeth yn gyflym fel bod amser i fynd oddi ar y trac a chwilio ger y nant a lifai drwy'r cae nesaf. Byrlymai'n lân dros y cerrig bach a thrwy'r twyni gwelltog. Doedd dim byd allan o'r cyffredin yn fan'na.

Aeth adref yn ddigalon. Os oedd Boz wedi cuddio'r beic rywle yn yr ysgol, doedd o ddim yno bellach. Roedd o wedi'i symud i rywle arall. Ie, dyna oedd ei gêm! Ei symud o le i le a chael hwyl am ei ben wrth ei weld yn chwilio ac yn cyrraedd yn rhy hwyr bob tro.

*   *   *

'Rwyt ti yn nhŷ'r Darren Chiswick 'na byth a hefyd,' cwynodd ei fam wrth Denny pan gyrhaeddodd adref yn hwyr eto ar ôl yr ysgol. 'Mae dy de di wedi mynd yn oer.'

'Gad iddo neud hebddo fo,' meddai Terry Boslow. 'Mi fasa hynny'n dysgu gwers iddo fo.' Roedd o'n eistedd o flaen y teledu ac yn fflicio o un sianel i'r llall. Doedd dim byd yn ei blesio.

'Pam est ti yno heddiw eto?' gofynnodd Tina wrth Denny.

'Yr un rheswm. 'Dan ni'n cael tipyn o barti noson tân gwyllt,' meddai Denny mor ysgafn ag y gallai.

'Dach chi ddim yn mynd i gael dim byd o'r fath!' bloeddiodd Terry. 'Dwi wedi cael llond bol o glywed am y Darren Chiswick 'na. Argol, rwyt ti newydd gael aros dros nos yn ei dŷ o heb yn wybod i mi.' Cuchiodd ar Tina. 'Mi wnaiff les i chdi aros gatra a gweld tân gwyllt fan hyn hefo'r plant.'

'Ond, Dad!'

'A ph'run bynnag, dwi i fod i gadw trefn arnat ti ar ôl yr holl helynt 'na. Mi fasa tadau eraill wedi rhoi cweir go iawn i chdi am be wnest ti.'

'Nid 'y mai i oedd o!'

'Doedd o ddim wedi bwriadu brifo'r hen ŵr, Terry,' meddai ei fam.

'Paid ti â rhoi dy big i mewn!' meddai Terry wrthi. 'Dyna ben arni.'

Cododd sioc a siom i wddf Denny. Roedd arno eisiau crio a gweiddi ar yr un pryd. Ond rheoli'r ysfa oedd yr unig beth call i'w wneud. Ymwrolodd. Doedd ei dad na neb na dim arall yn mynd i'w rwystro rhag dathlu noson tân gwyllt yn yr hen chwarel. Dim ar ôl ei holl drafferth. Roedd wedi rhoi pob rhan o'r cynllun yn ei le fel ymgyrch milwrol. Roedd rhai o'r symudiadau wedi bod yn beryglus a bu ambell foment pan oedd yr holl beth dan fygythiad, fel pan fu bron i'r hen ŵr musgrell yna ddifetha'r cwbl! Gwenodd Denny'n foddhaus. Roedd o wedi wynebu problemau llawer mwy dyrys na'r un yr oedd ei dad yn ei chodi rŵan. Erbyn y bore, roedd wedi dyfeisio cynllun meistrolgar.

*   *   *

Er syndod i Zoë, dewisodd Boz eistedd yn ei hymyl yng nghefn y labordy yn ystod y wers cyn cinio. Daeth rhai sylwadau awgrymog gan weddill y criw, ond buan iawn y peidiodd hynny pan ddaeth Mr Parry Ffiseg i mewn o'r ystafell fach baratoi. Roedd wedi methu cael hyd i ryw offer ac roedd mewn hwyliau arbennig o ddrwg. Serch hynny, llwyddodd Boz i gael sgwrs gyfrinachol â Zoë dros yr arbrawf. Sut oedd o'n mynd i ddweud fod ei dad wedi'i wahardd rhag mynd allan ar y noson fawr heb golli edmygedd Zoë? Roedd y cwestiwn wedi'i gadw'n effro am beth amser neithiwr ond doedd dim help am hynny. Rhaid troi at Zoë.

'Ydi dy fam yn gweithio ar noson y parti?' gofynnodd.

'Ydi,' atebodd Zoë mewn penbleth. 'Mae hi ar y shifft tan naw. Pam?'

Pennod 12

Ar ôl te, penderfynodd Seimon fynd am dro. Teimlai'n ddigalon a rhwystredig. Roedd ganddo amser i'w ladd ar ôl colli'r beic a'r rownd bapurau. Cychwynnodd yn y gobaith o godi trywydd y beic rywsut, pe bai ond yn cadw ei lygaid a'i glustiau'n agored. Go brin, ond roedd rhaid iddo wneud rhywbeth. Fuasai o ddim yn dod o hyd i'r ffeithiau wrth aros yn y tŷ, roedd hynny'n bendant. Anelodd tuag at lan yr afon a'r bont. Dyma'r ffordd y deuai pe bai'n dosbarthu'r papurau.

Roedd hi'n nosi'n barod. Roedd y dyddiau wedi tynnu i mewn yn arw ers troi'r clociau. Roedd tristwch yn yr awyr ar ôl diwrnod heulog, euraid oedd wedi troi'n llwyd. Syllodd Seimon i'r dŵr du dan gledrau'r bont. Roedd ewyn gwyn yma a thraw lle y llifai dros y cerrig. A oedd y coed ar lan yr afon yn cuddio pethau rhagddo? Roeddynt fel gelynion yn ei wylio. Ciciodd Seimon ychydig o gerrig rhydd rhwng y cledrau i'r dŵr. Roedd y lôn dros y bont mewn cyflwr gwael. Edrychodd ar y sgrifen hyll ar y darnau o haearn a lanwai'r bylchau yn y cledrau. Roedd rhu isel yr argae islaw'r afon i'w glywed yn floesg. Ac yna, daeth y syniad iddo. Wrth gwrs, roedden nhw wedi lluchio ei feic i'r afon! Y taclau uffar! Dyna oedd y casgliad anorfod, yr unig un a wnâi synnwyr. Roedd y peth mor amlwg. Sut oedd o wedi bod mor ddall?

Rhedodd i lawr at lan yr afon a dechrau cerdded ar ei hyd tua chyfeiriad yr argae. Anadlai'n gyflym a'i stumog yn corddi mewn cynddaredd. Craffai bob cam i waelod y dŵr i edrych a welai fflach o ddur. Byddai'n rhaid gwneud 'run peth ar yr ochr arall hefyd ac yn uwch i fyny'r afon, ond dim heno. Roedd y gwyll yn dwysáu fel na allai weld yn iawn. Gwyddai yn ei galon fod y dasg bron yn amhosibl, hyd yn oed yng ngolau dydd. Roedd y dŵr yn ddwfn a'r afon yn llydan.

Roedd yn nesáu at yr argae pan darfwyd arno gan siffrwd yn y coed. Trodd i edrych arnynt, ond ni welai ddim byd. Gwiwer efallai, neu rhyw aderyn oedd yn gyfrifol. Digwyddodd yr un peth eto ymhen ychydig eiliadau a dechreuodd Seimon ofni. Synhwyrodd fod rhywun yn ei wylio, ac yntau'n hollol ar ei ben ei hun ar ymyl yr afon. Safodd yn stond, ac yna troi'n sydyn. Neidiodd Boz allan o'r gwrych a'r criw yn ei ddilyn. Dechreuodd Zoë a Clare sgrechian chwerthin fel arfer. Roedd sigarét yn llaw pob un. Gwelai Seimon eu dannedd yn glir yn y goleuni pŵl.

'Dal i chwilio, Sleimi?' meddai Boz. Rhoddodd un droed yn hamddenol ar y fainc bren gerllaw. Pwysodd Clare ei phenelin ar gefn y fainc. Trefnodd y lleill eu hunain o'i chwmpas fel petaent yn mynd i gael tynnu eu llun.

'Byth wedi'i ffeindio fo?' meddai Sgerbwd, gan ysgwyd ei ben yn wawdlyd.

'Ffeindio be? Am be mae o'n chwilio?' meddai Chiz, gan smalio bod yn hanner pan.

Bu chwerthin uchel eto. Ni allai Seimon symud cam. Safai Boz yn ei ffordd gan chwythu mwg ei sigarét i'w wyneb.

'Gad inni dy helpu di,' meddai Sgerbwd wrth Seimon. 'Genod, ewch chi'r ffordd 'cw!' Rhoddodd hergwd i'r ddwy a'u taflu oddi ar eu hechel.

'Dos dy hun!' gwichiodd Zoë a rhoi hergwd yn ôl iddo.

Ymunodd y lleill yn yr hwyl, gan orymateb yn gorfforol i'r pwnio fel petaent wedi meddwi. Heb yn wybod iddo'i hun, symudai Seimon yn nes at ymyl yr afon.

'Dacw fo!' gwaeddodd Boz, gan wthio'n galed yn erbyn Seimon. 'Weli di mo'no fo yn y dŵr?'

Cwympodd Seimon fel sgitl i'r dŵr. Saethodd yr oerfel drwyddo a chollodd ei wynt. Cyn iddo ddod i'r wyneb teimlai'r cerrynt yn gryf ar ei gefn a'i goesau. Tra oedd yn ymladd am ei anadl, câi ei chwyrlïo'n anorfod yn nes ac yn nes at yr argae. Peidiodd y chwerthin pan sylwodd y lleill beth oedd yn digwydd iddo. Gallai Seimon weld chwe wyneb yn syllu dros lan yr afon, a dychryn ym mhob un.

'Gwna rywbeth!' gwaeddodd John Morgan wrth Boz.

Chlywodd Seimon mo'i ateb. Roedd wedi mynd yn rhy bell. Roedd ei freichiau'n cyhwfan uwch y dŵr, a'i drwyn a'i geg yn llawn dŵr budr. Yr eiliad nesaf, gyda help y cerrynt, hyrddiwyd ef yn nes at y lan, a gafaelodd mewn darn oedd yn procio allan, rhyw gudyn o frwyn neu graig, neu wreiddyn, wyddai o ddim. O dipyn o beth, a'i goesau'n dal i chwifio yn y cerrynt, tynnodd ei hun allan o'r dŵr ac ymlusgo i fyny at y lan. Bu'n tagu a phesychu am ryw hyd. Pan edrychodd i fyny, sylwodd ar y criw'n sefyll yn stond, rai llathenni i ffwrdd. Yna, rhedasant i ffwrdd, drwy'r coed ac o'r golwg. Roedd Seimon eisiau crio ond roedd wedi merwino, gorff ac enaid.

'Y nefoedd fawr!' meddai ei fam pan gyrhaeddodd adref. 'Be ddigwyddodd?'

'Syrthis i i'r afon.'

'I be oeddet ti isio mynd i fan'no yn y t'wllwch?' Roedd hi bron â chrio. 'Dos i gael bàth yn syth.'

Ymddangosodd Brian Rees ar drothwy'r drws. Roedd wedi clywed y sgwrs rhwng Seimon a'i fam.

'Wna i byth fynd yno eto, rwy'n addo,' meddai Seimon yn frysiog cyn i'w dad ddechrau ar y llith. Roedd rhywbeth mor daer yn ei wyneb nes bod Brian yn ymatal. Roedd y bachgen wedi dysgu ei wers yn y ffordd galetaf bosib. Rhaid diolch ei fod yn fyw.

Roedd Seimon yn gweddïo y câi ragor o amser i ddod o hyd i'r beic cyn dweud wrth ei rieni. Dylai fod wedi dweud yn syth a galw'r heddlu i mewn. Ond roedd arno ofn edrych yn wirion. Erbyn hyn, ar ôl yr holl amser, roedd hi'n fwy anodd o lawer i ddweud y gwir. Roedd rhywun yn cuddio'r beic, siŵr o fod, meddyliai. Feiddiai neb ei luchio i'r afon, na feiddiai? Roedd hynny'n syniad hurt o'r cychwyn.

Pennod 13

'Mr Boslow?' Roedd Zoë'n trio gwneud i'w llais swnio'n soffistigedig. Roedd hi'n mynd i fwynhau hyn er bod y fenter yn codi braw arni, fel mynd ar y ffigyr-êt yn y ffair. Roedd hi'n benderfynol o lwyddo ar ôl i Boz roi cymaint o ffydd ynddi.

'Ia,' atebodd Terry Boslow. Ceisiai dynnu drws y parlwr ar ei ôl er mwyn clywed y llais ar y teleffon yn well. Rhoddodd ei law dros y derbynnydd.

'Stopiwch yr hen sŵn 'na,' bloeddiodd ar Jade a Joey; ac yna i'r ffôn, 'Sut fedra i'ch helpu chi?'

'Mrs Clarke sy yma. Dwi'n dallt bod gynnoch chi fusnes clirio tai?'

'Cywir.'

'Mae gen i nifer o bethau gwerthfawr yn y tŷ 'ma, ac mi faswn i'n licio'u dangos nhw ichi. Dwi'n siŵr y basech chi wrth eich bodd hefo nhw.'

Bu tawelwch am ychydig eiliadau.

'Helô? Dach chi yna o hyd, Mr Boslow?'

'Ydw. Sut fath o bethau ydyn nhw, Mrs y . . .'

'*Antiques* o bob math. Pethau cain iawn. *Ornaments* a dodrefn a ballu.'

Roedd Terry Boslow'n dechrau talu sylw. 'Dwi'n barod i fwrw golwg drostyn nhw, del.'

'O, da iawn. Fedrwch chi ddod nos fory? Tua chwech?'

'Nos fory? Alla i ddim dod nos fory. Dwi wedi addo cynnau'r tân gwyllt i'r plant.'

'O, dyna biti. Mi fydd yn rhy hwyr wedyn.'

'Pam hynny?'

'Wel, i dorri'r stori'n fyr, mae 'mrawd yn dod draw o Ganada y diwrnod wedyn ac mi fydd yn rhoi ei fachau ar bopeth gwerth 'u cael.'

'Ond chi piau nhw?'

'Wel ia, mewn ffordd. Mae fy modryb wedi'u gaddo nhw imi erioed. Mae hi newydd fynd i gartref hen bobl.'

'Siarad o dŷ'ch modryb dach chi?'

'Ia.'

'Wel, dwn i'm.' Roedd Terry Boslow mewn cyfyng-gyngor.

'O hidiwch befo. Mi dria i Warws Price yn y dre.'

'Na, peidiwch â gneud hynny. Mi bicia i draw am ryw hanner awr fach nos fory. Be 'di'r cyfeiriad?'

Crychodd Terry ei dalcen wrth sgrifennu'r manylion. Roedd rhywbeth rhyfedd ynglŷn â hon, ond allai o yn ei fyw roi ei fys arno.

Roedd Boz yn gwrando o ben y grisiau. Gwenodd wrtho'i hun wrth i'w dad wneud nodyn o'r cyfeiriad. Roedd o, Boz, wedi dod dros y cam cyntaf heb faglu. Ni wnâi feddwl am y nesaf eto. Peryglon y presennol oedd yr unig rai i boeni yn eu cylch. Roedd Zoë wedi gwneud ei rhan yn iawn, yn ôl pob golwg.

*   *   *

'Os raid ichdi fynd y munud yma?' gofynnodd Tina i'w gŵr. Roedd Terry wedi gohirio dweud wrthi tan y funud olaf am yr ymweliad yr oedd ar fin ei wneud. Roedd ei llais cwynfanllyd yn gyrru gwayw drwy ei glust.

'Wrth gwrs fod rhaid imi, ne' faswn i ddim yn mynd, na faswn?'

'Ond mi wnest ti addo cynnau tân gwyllt i'r plant,' meddai hi'n gyhuddgar.

'Busnes sy'n dod gynta, hogan. Dylet ti wybod hynny bellach.'

'Mi fedrith o aros tan bore fory, siawns?'

'Dwyt ti byth yn dallt, nac wyt? Pryd wyt ti'n mynd i sylweddoli mai'r busnes sy'n talu am yr holl betha sy gen ti yn y tŷ?'

Roedd Terry wedi dechrau bloeddio a gwyddai Tina y byddai gair arall yn ei danio fel matsien.

'A pheth arall,' ychwanegodd yn fwy rhesymol, 'bydda i'n ôl mewn pryd i gynnau'r tân gwyllt. Dwn i'm pam wyt ti'n mwydro.'

Roedd Tina'n teimlo'n ddig a siomedig. Gwyddai na allai Terry byth fynd heibio i'r dafarn ar y ffordd yn ôl heb alw i mewn, a dyna ben ar eu noson. Fu hi erioed yn cynnau tân gwyllt ac nid dyma'r amser i ddechrau, a'r plant bach eisiau sylw bob munud. Fiw iddi roi'r gwaith i Denny, chwaith. Fuasai hynny ddim wrth fodd ei dad. Dechreuodd Jade a Joey swnian ar ôl i'w dad adael y tŷ a gwelai hi fod noson annifyr yn ymestyn o'i blaen.

'Caewch ych cegau,' meddai wrthynt, 'neu i'ch gwlâu y byddwch chi'n mynd, yn syth bìn.'

Achosodd hyn don arall o achwyn a nadu nes

bod dwylo Tina'n ysu i roi clustan bob un iddynt. Ble yn y byd oedd Denny? Roedd yn hen bryd iddo roi tipyn o help llaw iddi.

'Denny!' bloeddiodd i fyny'r grisiau. Ar y gair daeth Boz i lawr yn ysgafala.

'Dwi wedi bod yn meddwl, Mam,' meddai'n bwyllog, 'pam na 'nawn ni gerdded draw tua'r chwarel i weld y goelcerth a'r tân gwyllt?'

'Mae dy dad wedi deud "na".'

'Mae wedi deud "na" wrtha i, ond ddeudodd o ddim byd amdanoch chi a'r plant. A ph'run bynnag, dydi o ddim yma i holi, nac ydi?' ychwanegodd pan welodd fod ei fam yn gwamalu.

'O plîs gawn ni fynd, gawn ni fynd?' Roedd y ddeuawd yn dod o gornel y parlwr, a'r ddau fach yn neidio i fyny ac i lawr fel petaent yn sefyll ar dywod poeth.

'Tewch am funud bach!' meddai eu mam, gan roi ei phen yn ei dwylo. 'Fedra i ddim meddwl hefo'r holl dwrw 'ma.'

'Mi fyddwn ni'n ôl o'i flaen o. Mae pawb arall yn mynd,' meddai Boz.

Clywsant glec fawr a sŵn hisian, a thrwy'r ffenestr gallent weld seren wib yn goleuo'r awyr. Roedd yr hwyl wedi dechrau ers meitin. Roedd Jade a Joey wedi cyffroi drwyddynt.

'Hanner awr, awr fan bella!' meddai Tina. 'Ewch i nôl ych cotiau.'

*　　*　　*

Cafodd Terry Boslow drafferth i barcio'i fan yn y stryd lle'r oedd Mrs Clarke yn byw. Melltithiodd dan ei wynt. Gobeithiai nad oedd wedi dod ar siwrnai seithug. O'r diwedd, parciodd ychydig lathenni ymhellach ymlaen na Rhif 70, tŷ Mrs Clarke, a cherdded heibio i ddau neu dri o'r tai bach teras oedd a'u drysau'n agor yn syth ar y pafin. Roedd y trigolion wedi gwneud ymdrech i sirioli golwg undonog y rhes. Peintiwyd y drysau mewn lliwiau gwahanol ac roedd cyrtens tlws ym mhob ffenestr. Er syndod iddo, agorwyd drws Rhif 70 gan ferch tua'r un oed â Denny.

'Dwi'n chwilio am Mrs Clarke,' meddai wrthi.

'Mr Boslow, ia?'

'Ia.'

'Mae Mam yn ymddiheuro, ond mi fydd hi'n hwyr yn dod o'i gwaith. Mae hi wedi deud wrtha i am ddangos y petha ichi.'

'Dwi ddim yn siŵr am hynny. 'Sai'n well i mi aros i'w gweld hi.'

'O, mae popeth yn iawn. Dwi'n gwbod be dwi fod i 'neud. Dowch i mewn.'

Camodd Terry Boslow dros y trothwy, yn anfoddog braidd. Roedd y tu mewn i'r tŷ'n dwt ac yn lân. Cawsai pared y cyntedd ei fwrw i lawr i wneud y parlwr yn fwy ac roedd y grisiau'n arwain i'r llofftydd o'r ochr draw. Roedd pethau pres fel pedolau a megin yn sgleinio o gwmpas y pentan a phatrwm o flodau pinc ar y waliau a'r carped. Roedd cylchgronau merched wedi'u gwasgaru dros y bwrdd coffi gwydr.

'Eisteddwch, Mr Boslow,' meddai Zoë'n foesgar. 'Dach chi isio paned o de?'

'Dim diolch.' Roedd golwg bowld ar hon.

'Awn ni'n syth i weld y petha, 'ta, y petha cain fel mae Mam yn 'u galw nhw. Maen nhw yn y cefn.'

Cerddodd Zoë at y drws cefn a throi i wenu arno wrth iddo ei dilyn. Roedd Terry'n dal i deimlo'n ansicr, ond roedd ei chwilfrydedd yn drech na'i synnwyr cyffredin.

'Ewch i gael golwg,' meddai hi wrth droi'r goriad yn nrws y sièd. Y munud nesaf roedd o ymysg y geriach a gadwai ei mam yno. Roedd y lle'n llawn hen luniau, cyrtens, blodau plastig, cysgodion lamp, a'r pram a'r gadair uchel a berthynai i'r cyfnod pan oedd hi'n beth fach ddel a diniwed.

'Dyma nhw,' meddai wrtho, gan bwyntio at y gornel lle'r oedd pentwr o focsys. Troediodd Terry Boslow'n ofalus rhwng y llanastr.

'Maen nhw'n llawn pethau tseina—ac mae Mam yn deud eu bod nhw'n hen iawn.'

'Heb eu torri, gobeithio.'

'O na, maen nhw i gyd yn gyfa.'

Efallai bod hen lestri ac addurniadau cain yma, pethau a aethai'n brin bellach, pwy a wyddai? Buasai'n ddigon hawdd twyllo'r ferch a'i mam nad oedd yna ddim o fawr werth yn y bocs, ac yna eu gwerthu am bris uchel.

'Dwi'n credu fod rhywun wrth y drws,' meddai Zoë'n sydyn. 'Arhoswch chi yma i'w studio nhw, Mr Boslow. Ddo i'n ôl mewn munud.'

Gadawodd hi'r drws ar y clo a mynd allan i'r stryd. Diolch byth, roedd wedi nosi erbyn hyn ac roedd y stryd yn wag. Ar wahân i Clare, wrth gwrs. Hi oedd yn gwarchod. Roeddynt yn mentro i'r eithaf. Taflodd Zoë olwg sydyn tuag at y fan a'r enw Boslow a manylion amdano wedi'u peintio'n grand ar draws yr ochr. Yng ngolau ei thorts, gwelodd fod Clare wedi gollwng yr aer o'r teiars yn barod.

Roedd Terry Boslow eisoes yn galw arni pan aeth hi'n ôl. Roedd yn flin ac yn siomedig. Doedd dim byd gwerth sôn amdano yn y bocs, dim ond pethau a brynwyd mewn siopau rhad yn y saithdegau, ac ychydig ddawnswyr Sbaeneg wedi'u gwneud o sialc.

'Hei, dach chi yna?'

Camodd Zoë hyd lwybr yr ardd gefn.

'Ddrwg gen i am hynna, Mr Boslow,' meddai.

'Ia, wel, dwi'n hwyr fel y mae. Deudwch wrth ych mam . . .' Tynnodd anadl ddofn ac aralleirio'i neges. 'Deudwch wrth ych mam na alla i gynnig dim byd iddi am ei phetha.'

'O, mi fydd hi'n siomedig iawn.'

'Dim hanner mor siomedig â fi, del.'

'Does dim llawer o werth iddyn nhw, felly?'

'Dim ond i lenwi bag sbwriel,' atebodd yn sbeitlyd.

Aeth allan yn ffrwcslyd cyn iddo golli arno'i hun. Roedd y ferch yn ei gythruddo am ryw reswm er nad oedd bai arni hi. Sylwodd ar unwaith ar y teiars. Melltithiodd yn uchel. Brasgamodd at ddrws Rhif 70 eto a'i ddyrnu'n galed. Dyna lle roedd hi'n sefyll o'i flaen yn ddidaro, a golwg syn ar ei hwyneb.

'Dim syniad, Mr Boslow,' atebodd hi i'r cwestiwn disgwyliedig. 'Welis i ddim byd. Ond fel 'na mae hi yn y stryd 'ma. Ma' rhyw blant yn dod ac yn gneud drygau drwy'r amser.'

'Pwy oedd wrth y drws 'ma gynna?'

'O, dim ond y papur bro.'

'Os ca i afael ynddyn . . .' bytheiriai drwy ei ddannedd ar ei ffordd yn ôl i'r fan.

Cyn gynted ag y llwyddai i roi aer yn y teiars eto, mi âi i'r Wellington. Roedd o'n sâl eisiau diod. Roedd yn dal i stryffaglio hefo'r teiars pan ddaeth yr hogan allan eto a chychwyn hefo merch o'r drws nesaf i gyfeiriad y bont. Cuchiodd arnynt.

Pennod 14

Roedd Boz ar bigau drain ar hyd y ffordd i'r hen chwarel. Cerddai Jade a Joey mor araf nes iddo feddwl na fyddent byth yn cyrraedd. Doedd y chwarel ddim yn bell—cerdded i ben arall eu stryd nhw, troi i'r chwith a dilyn y llwybr gro ar draws y cae a wahanai ystad Pen y Bryn ac ystad Ael y Bryn. Yna, troi i'r stryd lle roedd Chiz yn byw. Roedd yn gallu gwneud hyn mewn saith munud ar ei ben ei hun.

Roedd y profiad o groesi'r cae yn iasol i Jade a Joey. Doedden nhw erioed wedi gwneud hyn yn y tywyllwch o'r blaen. Roeddynt wedi'u weindio'n lân erbyn iddynt gyrraedd y chwarel ac yn baglu dros wyneb anwastad y tir diffaith. Roedd tyrfa o bobl wedi ymgasglu'n barod, gan gynnwys Chiz, Sgerbwd a gweddill y criw. Doedd Zoë a Clare ddim wedi cyrraedd eto. Roedd cymdogion Chiz yno, yn ogystal ag aelodau'r dosbarth yn yr ysgol. Ac er mawr ryddhad i Boz, roedd nifer wedi dod â'u rhieni a'u brodyr a chwiorydd llai. Sylwodd Boz ar y pentwr cymen o dân gwyllt yn gymysg â bocsys llawn crisps, sosejys, byrgyrs, rhai ohonynt wedi'u pobi a'u lapio mewn papur arian a rhai'n amrwd, yn y gobaith o'u ffrio nhw yn y goelcerth ar ôl i'r fflamau farw a gadael lludw coch yn unig. Ychwanegodd Boz ei focs o dân gwyllt at y pentwr. Roedd wedi cyfrannu'n barod at y casgliad o duniau Coke a gedwid yn garej Chiz.

Roedd brodyr Chiz yn sefyllian o gwmpas y goelcerth, yn eiddgar am gael ei chynnau.

'O'r diwedd, Boz,' bloeddiodd Chiz a dechrau curo'i ddwylo. Gwnaeth pawb arall 'run fath a'i gyfarch â hwrê o bob cyfeiriad. 'Rŵan mi gawn ni ddechrau.'

'Gwell hwyr na hwyrach, debyg,' meddai'r brawd hynaf yn goeglyd. Ond doedd hyn yn mennu dim ar hwyliau Boz. Roedd y foment fawr wedi cyrraedd. Cyn pen dim daeth Zoë a Clare, yn fyr eu hanadl ac yn uchel eu cloch. Rhaid eu bod nhw wedi rhedeg bob cam. Cymerodd Clare ofal o'r pentwr bwyd, a'i llais treiddgar yn rhybuddio pawb i beidio â symud dim byd achos roedd hi'n gwybod lle'r oedd popeth. Gwnaeth Boz arwydd bodiau-i-fyny arnynt. Câi air yn nes ymlaen.

Roedd y fflamau'n dechrau cydio, diolch i ymdrechion brawd mawr Chiz. Roedd pawb yn cytuno ei bod hi'n anferth o goelcerth. Lledodd gwên annymunol dros wyneb Denny. Roedd yn rhwbio'i ddwylo ac yn cyfnewid gwên â Chiz bob hyn a hyn. Safai Jade a Joey fel delwau, a chymysgedd o ofn, anghredinedd a llawenydd ar eu hwynebau. Roeddynt yn geg-agored, a'u dannedd bach yn disgleirio'n wyn. Dalient ddwylo'i gilydd a daliai Jade law ei mam hefyd. Edrychodd hi arnynt. Piti eu bod nhw'n tyfu, meddyliai. A phiti na fasai Denny wedi aros mor annwyl â hyn!

Dechreuodd brawd Chiz gynnau'r tân gwyllt. Rhwygwyd yr awyr gan oleuadau coch, glas, gwyrdd a melyn. Saethant i fyny fel ewyn yn sgil cwch modur ac yna syrthio'n hamddenol, wedi'u trawsnewid yn barasiwts lliw. Ffrwydrai'r rocedi llachar nesaf a syrthient i'r ddaear fel darnau o arian. Roedd rhai fel tortsys byw yn ymlid ei gilydd yn yr awyr. Gofalai'r brodyr fod popeth yn cael ei danio mewn trefn er mwyn cael yr effaith fwya trawiadol.

Daliai'r goelcerth i losgi'n ffyrnig ac roedd yr oedolion yn y dorf o'r farn ei bod yn rhy beryg i ffrio'r cig amrwd ynddi am sbel. Daethai rhywun â barbeciw ac roedd wedi'i gynnau ers meitin. Cyhoeddwyd fod croeso i unrhyw un goginio darn o gig neu sosej arno. Roedd y bwyd parod wedi diflannu mewn chwinciad, a bu raid i bawb oedd yn ddigon amyneddgar sefyll eu tro wrth y barbeciw. Roedd Boz wrth ei fodd fod y goelcerth mor rymus. Roedd hyn yn well na'r disgwyl, hyd yn oed!

'Noson dda,' oedd ei sylw wrth iddo fynd a dod ymysg ei ffrindiau. Nodiodd pawb, a bwrw golwg nerfus tuag at y goelcerth. Symudodd Boz i ymyl Zoë. Roedd hi'n rhoi'r sbwriel ar ôl y bwyd i frawd Chiz i'w ychwanegu at y goelcerth.

'Hei, sut hwyl gest ti, Zo?' gofynnodd Boz.

'I'r dim,' meddai. 'Gawson ni hwyl, yn'do, Clare?'

'Pan oedden ni'n cychwyn roedd o'n brysur yn pwmpio'r teiars i fyny.'

Roedd lleisiau'r ddwy wedi mynd i fyny sawl cywair wrth iddynt fyrlymu chwerthin.

Pan oedd y miri yn ei anterth, daeth swn i foddi'r cwbl a gyrru saeth o ofn i galonnau pawb. Seiren oedd hi, yn nadu'n uwch ac yn uwch nes cyrraedd rhywle ar ben y chwarel. Fflachiai goleuadau glas a gwyn yr injan dân a char yr heddlu a'i dilynai. Daeth swyddogion allan o'r ddau gerbyd gan floeddio a dechrau brasgamu i lawr y llethr. Roedd goleuni'r tortsys oedd yn llaw pob un yn symud o ochr i ochr.

Aeth wyneb Boz yn glaerwyn. Dychmygai'r ddrama'n datblygu. Fe gâi ei hel i orsaf yr heddlu eto am ei ran mewn cynnau tân mewn lle anghyfreithlon. Byddent yn galw'i dad i mewn a byddai coblyn o ffrae yn dilyn.

'Heglwch hi!' meddai'n gras wrth y grŵp o ffrindiau a safai yn ei ymyl. Gafaelodd ym mraich ei fam a'i gwthio hi a'r ddau fach o'r neilltu.

'Hei! Be wyt ti'n neud?' gofynnodd Tina'n flin.

''Dan ni ddim i fod yma, Mam! Brysiwch cyn iddyn nhw'n dal ni.'

'Mi ddylwn i fod wedi amau,' meddai hi. 'Fedri di ddim cadw draw o drybini, na fedri?'

Roedd Joey'n gwneud ceg gam ac yn ei baratoi ei hun i ollwng sgrech anferthol.

'Paid ti â dechra arni,' meddai ei fam yn llym wrtho.

Erbyn hyn roedd Boz wedi'u hyrddio i geg y llwybr lle y daethant i mewn. Roedd nifer o'r dorf yn casglu eu pethau at ei gilydd ac yn mynd i'r un cyfeiriad.

'Hei!' bloeddiodd y swyddogion. ''Rhoswch!'

Llwyddodd sawl un ohonynt i ddal cynffon y dyrfa oedd yn prysur ddiflannu i dywyllwch ochrau'r chwarel.

Edrychodd Denny dros ei ysgwydd a gweld bod y rhai olaf i gyrraedd y llwybr yn cael trafodaeth frysiog ac yna'n troi ar eu sodlau am yn ôl. Ond doedd o ddim yn mynd i ddal pen rheswm â neb. Rhedodd nes cyrraedd y lôn fawr a bloeddio ar ei fam i'w ddilyn.

'Dwn i ddim be sy'n dod dros dy ben di weithia,' cwynodd hi, wedi colli'i gwynt yn lân. Roedd y plant yn rhedeg ar bob ochr iddi, gan duchan a swnian.

'Tewch â'ch sŵn,' meddai hi wrthynt, 'roedd yn hen bryd inni ei throi hi am adra beth bynnag.'

Wedi cyrraedd diogelwch y tŷ sylwodd Boz nad oedd ei dad wedi cyrraedd yn ôl, ond bellach roedd ganddo broblem arall i boeni amdani.

'Os daw rhywun i chwilio amdana i, dwedwch 'mod i allan,' meddai wrth ei fam. 'Dwi'n mynd i'r sièd am sbel.'

Edrychodd hi'n flin arno, ond ni holodd ragor. Roedd hi'n rhy brysur yn rhoi'r plant yn eu gwlâu ac yn eu siarsio i beidio â sôn dim byd wrth eu tad am y tân gwyllt.

Tynnodd Boz y llenni dros ffenestr y sièd rhag i neb weld y golau. Eisteddodd ar stôl a syllu ar yr offer yn y sièd am hydoedd. Yna, cododd i daflu dartiau at y bwrdd oedd yn wynebu'r drws. Roedd wedi codi'i law i daflu'r dart cyntaf pan glywodd sŵn traed yn agosáu. Fferrodd yn ei unfan. Wedyn clywodd sŵn crafu, a theimlai fel anifail wedi'i ddal mewn magl.

'Boz, wyt ti yna?' Chiz oedd yn sibrwd yn gryg. Aeth ton o ddicter trwy Boz.

'Be ddiawl wyt ti'n neud yma?' sibrydodd yn flin trwy'r ffenestr. 'Dos allan o'r golwg, y ffŵl gwirion!'

'Pam est ti o'r chwarel? Ddaethon nhw ddim i'n 'restio ni, na rhoi ffrae na dim byd felly. Gawson ni hwyl wedyn 'sti.'

'Cau dy geg. Be oeddan nhw'n neud yno 'ta?'

'Roedd rhywun wedi'u ffonio nhw a deud bod y tân allan o reolaeth, rhywun sy'n byw yn y topia 'cw.'

'Cythral uffar!'

'Ia, a wedyn, pan welson nhw nad oedd dim byd o'i le, aethon nhw o'na.'

Pennod 15

Doedd dim rhaid i'r disgyblion ym mlwyddyn Seimon fynd i'r ysgol yr wythnos ganlynol. Yn lle hynny, roedd wythnos o brofiad gwaith wedi'i threfnu iddynt. Roedd y dewis yn amrywiol, a nifer o wahanol lefydd yn cymryd rhan yn y cynllun: yr ysbyty, dau fwyty mawr, yr arch-farchnad, yr ysgol feithrin a ffatri cynhyrchu meicrosglodion. Cafodd Seimon le mewn stiwdio ffotograffydd gan fod ganddo ddiddordeb yn y maes. Wythnos o'r ysgol oedd yr union beth roedd arno ei angen ar y funud.

Roedd newydd gyrraedd adref ar ôl ei ddiwrnod cyntaf yn y gwaith pan glywodd sŵn traed yn cerdded yn gyflym y tu allan i ffenestr y parlwr a gwelodd gip o ben rhywun, oedd yn amlwg yn ei gwrcwd, yn gwibio heibio. Yr eiliad nesaf cleciodd y blwch llythyrau a syrthiodd llythyr ar y mat yn y cyntedd: llythyr wedi'i gyfeirio ato fo. Agorodd y drws a chamu allan i weld pwy oedd wedi'i ddanfon. Cafodd gipolwg o gefn rhywun yn sgrialu rownd y gornel ar waelod y stryd. Roedd o'n 'nabod y cefn hwnnw. Roedd o wedi bod yn yr ysgol hefo John Morgan er pan oedd y ddau ohonynt yn bedair oed. Agorodd y llythyr â dwylo crynedig. Roedd y neges wedi'i hysgrifennu'n frysiog ar hanner dalen o lyfr nodiadau.

'Os wyt ti isio gwybod be ddigwyddodd i'r beic,

dos i chwilio yn yr hen chwarel. Sori. Mae hyn wedi mynd yn rhy bell.' Roedd yn ddi-enw.

Aeth rhuthr o waed drwy wythiennau Seimon. Rhaid mynd yno'n syth, ar ei ben ei hun. Nid arhosodd i ystyried a oedd perygl neu warchae yn ei ddisgwyl. Fel chwistrelliad yn ei fraich, roedd y newydd hwn wedi rhoi nerth uwchlaw'r cyffredin iddo.

Roedd wedi colli'i wynt yn llwyr erbyn iddo gyrraedd pont yr afon ac arafodd i redeg a cherdded bob yn ail. Croesodd y bont heb sylwi ar ddim o'i gwmpas. I fyny'r allt serth wedyn lle byddai'n disgyn o'i feic a'i wthio pan arferai wneud ei rownd bapurau. Heibio i weddillion yr hen ffatri, a'r tai llwm ar bob ochr iddi, nes cyrraedd y rhes a redai'n lletraws dros y mynydd. Cefnau'r tai, a'u gerddi blêr, oedd yn ei wynebu. Roedd y tai hyn yn ffurfio un ochr i'r stryd lle'r oedd Chiz yn byw. Byddai'n osgoi mynd heibio i dŷ Chiz wrth gerdded ar hyd y cefnau a throi i'r chwarel drwy'r coed yn y pen pellaf. Teimlai ei galon yn pwyo yn ei frest.

Sathrodd ar ddarn o weiren bigog a redai o amgylch y chwarel, fel y gwnaethai cynifer o'i flaen. Roedd arwydd uwchben y chwarel yn rhybuddio pobl i beidio â thaflu sbwriel. Dyma oedd y man serthaf: o'r fan hon, disgynnai'r tir calchog, gan ddiflannu o olwg y tai. Edrychodd o'i gwmpas rhag ofn bod rhywun arall yno, ond doedd dim sŵn na symudiad yn unman. Prin y gallai reoli'r cryndod yn ei goesau wrth iddo redeg i lawr y llwybr troellog at y gwaelod. Rholiodd briwsion o'r graig o'i flaen a gafaelodd mewn sypiau o wellt hir yma a thraw i'w sadio ei hun. Yn y gwyll, edrychai gwely'r graig fel lliain bwrdd a staen tywyll yn ei ganol. Wrth ddod yn nes, gwelodd Seimon mai ôl y goelcerth oedd hyn.

Roedd digon o le i guddio beic yn y chwarel. Pam nad oedd wedi meddwl am hyn o'r blaen? Roedd mieri trwchus yn tyfu mewn rhai mannau ar y llechweddau. Buasai'n hawdd taflu beic i mewn iddynt a byddai o'r golwg am hydoedd wedyn. Roedd ogofâu wedi'u naddu o'r llechweddau hefyd a rhai wedi'u creu'n naturiol gan gwymp y creigiau. Edrychodd yn fwy craff a gweld ffurf olwynion, cyrn, cyfrwy, i gyd wedi'u gwyrdroi a'u darnio a'u parddu. Ei feic ef! O dan weddillion budr y goelcerth! Llifodd y dagrau o gynddaredd i lawr ei fochau ac aeth ei gorff yn dynn. Roedd John Morgan yn iawn. Roedd hyn wedi mynd yn rhy bell. Fe laddai Denny Boslow! Cododd a dilyn y ffordd yn ôl ac allan o'r chwarel.

Ni sylwodd ar y gwaith dringo. Roedd mewn breuddwyd, y math o freuddwyd lle nad oedd modd diwallu'r awydd am ddial. Teimlai'n fyw am y tro cyntaf ers misoedd, ac yn ei freuddwyd roedd o'n waldio Boslow'n ddidrugaredd. Roedd wedi ceisio anwybyddu Boz, wedi smalio bod yn ddidaro, yn ddianaf. Ond rŵan, er ei fod yn beth rhyfedd i'w ddweud, roedd Boz wedi gwneud cymwynas â fo, yn gwbl anfwriadol. Teimlai'n rhydd i dalu'n ôl o'r diwedd gan fod ei ofn wedi cilio o flaen ei ddicter. Gallai ef, Seimon Rees, fod mor ffiaidd â Denny Boslow pe dymunai. Mwynheai gynllunio sut i ddial, a gorau po gyntaf hefyd.

Roedd yn dawedog iawn amser swper. Poenai ei fam amdano, yn enwedig ar ôl cael ateb swta ganddo pan ofynnodd lle roedd o wedi bod amser te. Wel, roedd o'n mynd yn hŷn, rhaid iddi gyfaddef, ac roedd ganddo hawl i gadw rhai pethau iddo'i hun. Ar ôl swper aeth yn syth i fyny i'w lofft ac aros yno. Gorweddai ar ei gefn ar y gwely, yn syllu i'r pellter. Aeth holl brofiadau'r ddeufis diwethaf o flaen ei lygaid fel petai'n gwylio drama. Roedd wedi bod yn wirion yn gadael iddyn nhw ei gam-drin gyhyd. Wyddai o ddim sut i ddelio â'r sefyllfa ar y pryd, ond gwyddai rŵan. Roedd o wedi cael y gwyllt a gwyddai'n union sut i ymddwyn. Doedd o'n poeni dim am y canlyniadau chwaith.

Toc wedi deg o'r gloch daeth i lawr y grisiau ac i mewn i'r gegin. Roedd ei fam a'i dad yn y parlwr yn gwylio'r newyddion. Roedd y drws rhwng y ddwy stafell ar gau, diolch i'r drefn. Sgrifennodd nodyn brysiog i ddweud ei fod wedi picio allan am hanner awr i weld ffrind o'r ysgol, rhag ofn y byddai ei fam yn darganfod nad oedd o yn y tŷ. Yna, llithrodd allan i'r nos drwy ddrws y cefn. Gafaelodd yn y fricsen rydd o'r wal rhwng ei dŷ ef a'r tŷ drws nesaf. Yr eiliad nesaf, roedd yn y lôn fach gefn ac yn anelu ei draed at y bont. Roedd brath yn yr awyr a'r niwl yn llyncu siâp y tai; dim ond ambell ffenestr wedi'i goleuo oedd yn profi bod bywyd o'i gwmpas. Clywodd yr afon yn ysgubo'r cerrig wrth iddo nesáu at y bont a gwelodd adlewyrchiad y lampau stryd yng nghwilt y dŵr.

Daeth at droed y bryn am yr eildro y noson honno a dilyn yr un trywydd. Ond y tro hwn, aeth heibio i strydoedd Ael y Bryn a dringo'n uwch at Ben y Bryn. Drwy gydol y daith, byseddai'r fricsen o dan ei gôt. Teimlai dipyn yn drymach erbyn hyn hefyd. Roedd parau ifainc yn dechrau dod allan o'r tŷ tafarn newydd a adeiladwyd yn ddiweddar. Aethant heibio heb gymryd sylw ohono. Roedd grŵp o blant wedi ymgasglu i smygu a herian ei gilydd dan y postyn lamp ar ben arall y stryd lle roedd Boz yn byw, ac arhosodd Seimon y tu allan i'w dŷ. Roedd yn dawel yn y pen hwn o'r stryd. Caeodd ei law fel gefel am y fricsen.

Tywynnai golau pŵl o un o'r llofftydd. Dyna lle'r oedd y ddau fach yn cysgu, siŵr o fod. Dau o rai bach del oedden nhw, meddyliodd Seimon. Roedd golau i'w weld drwy lenni'r parlwr hefyd. Doedden nhw ddim wedi cau'n iawn, gan adael pelydr o oleuni allan drwy'r canol. Gallai weld cipiau llachar symudol yn dod o'r set deledu ond nid oedd yn bosibl gweld sut roedd y dodrefn wedi'u trefnu yn union dan y ffenestr. Doedd o ddim wedi meddwl am hynny. Roedd wedi bod yn rhy gandryll i feddwl am ddim ond sŵn y gwydr yn torri, a'r dinistr a achosai. Dechreuodd ailfeddwl. Beth petai'n cripian dros y lawnt at y ffenestr a chael sbec drwy'r bwlch yn y llenni? Wedi gwneud yn siŵr nad oedd neb mewn perygl, gallai fynd ymlaen hefo'r cynllun. Byddai'r fricsen yn glanio yn y parlwr, ac yn malu sgrin y teledu efallai, os oedd o'n lwcus. Ar ôl i bawb ddod dros y sioc, byddent yn ceisio dyfalu pwy oedd yn gyfrifol. Doedd dim diben gwneud y fath beth os nad oedd Denny Boslow'n amau pwy wnaeth, ond heb allu profi dim. Buasai Boz ac yntau yn yr un sefyllfa wedyn. Doedd o ddim am i Boz a'i deulu feddwl am y peth fel enghraifft arall o fandaliaeth ddisynnwyr.

Dylai fod wedi sgwennu nodyn ar y fricsen pan sgrifennodd nodyn at ei fam. Chwiliodd yn ei bocedi. Doedd ganddo ddim beiro hyd yn oed, heb sôn am bapur a selotêp. Ond beth oedd hyn? Darn o sialc. Gwnâi hwn y tro. Ysgrifennodd dri gair yn fras ar y fricsen: 'Gofyn i Denny'. Wrth orffen, gwelodd ddyn a dynes yn cerdded i'w gyfeiriad. Trodd ar ei sawdl a dechrau cerdded rhag ofn iddynt ei amau. Gadawodd iddynt fynd heibio ac yna trodd yn ôl.

Y tro hwn aeth ar flaenau ei draed at y ffenestr a chymryd rhai eiliadau i fagu digon o ddewrder i edrych i mewn. Roedd yr amodau'n berffaith. Roedd soffa ledr wen yn erbyn y wal ar y dde, allan o ffordd y ffenestr ac yn wynebu drws oedd yn gilagored. Safai set deledu nesaf at y lle-tân oedd yn y wal gyferbyn â'r ffenestr. Eisteddai rhieni Boz ar y soffa tra oedd Boz ei hun yn trio trwsio rhywbeth ar y bwrdd yn ymyl y drws. Cerddodd Seimon yn ôl wysg ei gefn a chodi'i law i anelu. Yna gostyngodd ei law. Beth petai un ohonynt yn symud?

'Paid â'i wneud o, bachan!'

Neidiodd Seimon fel petai wedi cyffwrdd â gwifren drydan. Daeth llais y dyn o'r ardd ar draws y ffordd, ychydig yn uwch i fyny na thŷ Boz. Ni allai weld pwy oedd yno, na dyfalu am faint roedd o wedi bod yn ei wylio. Dechreuodd Seimon redeg i ffwrdd.

'Hei, dwyt ti ddim yn fy nabod i?'

Arafodd Seimon a chroesi'r ffordd yn bwyllog.

'Mr Jones!' meddai. 'Be dach chi'n neud yma?'

Pwysai Jac Jones dros giât fach, a'i faglau wrth ei ochr. Roedd yn smygu sigarét yr oedd wedi'i rowlio ei hun.

'Dwi wedi dod i aros hefo'r ferch am sbel, nes imi ddŵad ataf fy hun yn iawn.'

'Dach chi'n well?'

'Fel y gweli di. Ond deuda wrtha i rŵan, be wyt ti'n neud yma'n cario bricsen?'

Edrychodd Seimon i lawr mewn cywilydd.

'Dach chi'n gwbod pwy sy'n byw yma, Mr Jones?'

'Ydw, siŵr iawn. Dydi pethau ddim wedi gwella rhyngoch chi, dwi'n casglu.'

'Mae o wedi malu fy meic i a'i losgi o yn y goelcerth.'

'Dwi'n gweld. Wel, dyna reswm cystal ag unrhyw un am wn i.'

Edrychodd Seimon i fyny heb ddeall.

'I daflu bricsen drwy ffenest ei dŷ,' meddai Jac Jones.

Dychrynodd Seimon. 'Dim ond meddwl am y peth oeddwn i.'

'A'r tebyg ydi na faset ti ddim wedi gwneud, yntê?'

Nodiodd Seimon.

'Roeddet ti ar fin dewis peidio . . ?'

'O'n.' Swniai Seimon yn ddigalon. Fel petai wedi'i orchfygu.

'Dyna be sy'n bwysig, bod y dewis gen ti. Gallet yn hawdd fod wedi neud, ond fe ddewisaist beidio.'

'Mae o'n haeddu cael 'i gosbi. Pam dylai o gael mynd yn rhydd bob tro?'

'Faset ti'n hoffi newid lle hefo fo?'

'Na faswn.' Doedd o ddim wedi meddwl am yr agwedd yma o'r blaen.

'Tro nesa rwyt ti'n 'i weld o, drycha arno fo ym myw 'i lygad ac mi fydd yn sicr o gael y neges.'

'Pa neges, felly?' Roedd Seimon yn dal yn anfodlon rhoi heibio'r syniad o ddial.

'Syml. Bydd dy wyneb yn deud "Mi allwn i fod wedi dy lorio di, y llabwst, ond mi ddewisais beidio a faswn i ddim yn licio bod yn dy le di am y byd".'

Bu saib tra oedd Seimon yn pwyso a mesur y geiriau hyn.

'Wyt ti'n gweld,' ychwanegodd Jac Jones, 'does ganddo fo ddim rheolaeth dros sut mae o'n bihafio. Mae rhyw rym gwyllt yn 'i yrru fo.'

'Dach chi'n meddwl y bydd o'n dysgu rhywdro?'

'Mae'r rhagolygon yn wael, rhaid deud, ond hefo tipyn o lwc, falla y daw o at ei goed. Mae'n dibynnu ar yr amgylchiada a'r bobl y bydd o'n 'u cyfarfod.'

'Be dach chi'n feddwl?'

'Does 'na ddim amser i esbonio'r cwbl rŵan. Mi ddeuda i fwy wrthat ti eto. Dos adra, wàs. Mae'n hwyr glas.'

'Diolch, Mr Jones.'

'Raid i ti ddim.'

Pennod 16

'Lle fuost ti?' gofynnodd ei fam i Seimon. Roedd hi'n sefyll yn y gegin pan ddaeth i mewn yn dawel trwy ddrws y cefn.

'Gawsoch chi'r nodyn?' gofynnodd iddi.

'Wel do, ond gweld y peth yn od bod chdi wedi mynd heb ddeud 'run gair.'

'Ro'n i'n deud yn y nodyn na faswn i ddim yn hir.'

'Be oedd mor bwysig fel bod rhaid mynd allan 'radeg yma o'r nos?'

'Roedd gen i neges i Denny Boslow.'

'Est ti'r holl ffordd yno, dros yr afon a phopeth, drwy'r t'wllwch? Beth am yr helynt 'na rhyngoch chi?'

'Fydd 'na ddim helynt eto.'

'Dda gen i glywed hynny,' meddai ei fam yn ddiffuant. 'Ond pam na wnei di fod yn fwy agored hefo ni? Dwi'n dy weld di'n mynd yn fwy i dy gragen bob dydd.'

'Ddrwg gen i, Mam. Mi dria i ddŵad allan ohoni'n amlach o hyn ymlaen.' Gwenodd arni.

* * *

Bore Sadwrn oedd hi, a'r wythnos o brofiad gwaith ar ben. Gorweddai Seimon yn ei wely yn meddwl am ddigwyddiadau'r wythnos. Roedd yr amser wedi hedfan. Roedd wedi bod mor brysur yn stiwdio'r ffotograffydd fel na chafodd amser i hel meddyliau. Roedd cystal â bod ar ei wyliau, yn enwedig pan oedd cyfle i wneud gwaith y tu allan i'r stiwdio, fel y tro hwnnw pan aethon nhw i'r parc i dynnu llun pâr ifanc yn syth ar ôl eu priodas. Dysgodd lawer am ffotograffiaeth a gobeithiai astudio'r maes yn y coleg ar ôl gadael yr ysgol. Doedd dim llawer o amser tan hynny.

Roedd wedi cael dihangfa lwcus y nos Lun cynt pan arbedodd Jac Jones ef rhag gwneud rhywbeth gwirion iawn. Ond yn fwy na hynny, roedd Mr Jones wedi rhoi hyder newydd iddo. Tybed pa wahaniaeth a wnâi hynny iddo yn yr ysgol yr wythnos nesaf?

Canodd y ffôn. Wedi'i ateb, galwodd ei fam arno o waelod y grisiau.

'Rhywun i chdi, Seimon.' Swniai'n falch.

Daeth Seimon i lawr mewn penbleth. John Morgan oedd yno, yn awgrymu eu bod nhw'n mynd ar y trên i Dalar Wen. Roedd canolfan hamdden newydd yno ac ale fowlio anferth. Awgrymodd eu bod nhw'n mynd i chwilio am gerrig a chregyn anghyffredin ar y traeth wedyn, a gweld ffilm. Doedd Seimon ddim yn siŵr. Tybed ai rhyw fath o dric oedd hyn? Bu saib nes iddo benderfynu mentro.

'Pwy arall sy'n mynd?' gofynnodd.

'Neb.'

'Be am Boz a'r lleill?'

'Maen nhw'n treulio'r pnawn yn y dre. Mae Boz

yn gorfod gwarchod y plant y bore 'ma. Ac mae
Clare yn gorfod gwarchod ei nain.'

'O.'

'Ond do'n i ddim yn meddwl mynd hefo nhw
beth bynnag,' ychwanegodd.

Daeth John i alw amdano ar y ffordd i'r orsaf.
Roedd y ddau'n teimlo'n lletchwith braidd, ac ni
feiddiai John edrych yn syth i wyneb Seimon.
Roedd y sgwrs yn y trên yn arwynebol a'r ddau'n
gwneud sylwadau byr am y pethau a welent ar y
daith. Yn nes ymlaen roedd y ddau ohonynt yn
eistedd wrth fwrdd ar ymyl yr ale, yn yfed *coke* ac
yn bwyta sglodion. Roedd breichiau Seimon yn
brifo ar ôl y gêm ond roedd o wedi cael hwyl.

'Mae hyn yn f'atgoffa i o . . . fel oedd pethau
cyn . . .'

'Wyt ti'n cofio trip yr ysgol fach?' torrodd John
ar ei draws.

'Dew, da oedd hwnnw, yntê?'

Roedden nhw'n ffrindiau pennaf bryd hynny.

'Dwi'n gwybod mai chdi ro'th y nodyn drwy'r
drws,' meddai Seimon ar ôl sbel, wedi difrifoli.

'Ddoist ti o hyd iddo fo?'

'Y beic? Do.'

Roedd John Morgan yn teimlo'n annifyr.
'Wnaethon ni ddim coelio y basa fo'n gneud
hynny go iawn,' meddai. 'Meddwl oedden ni ei
fod o'n brolio, a dim mwy na hynny.'

'Ni?'

'Sgerbwd a'r genod. Pawb.'

'Be am Chiz?'

'Anodd deud. 'Sai'i frodyr o'n 'i ladd o.'

'Basen?'

'Be wyt ti'n mynd i neud?'

'Dim byd.'

'Y?'

'Fedra i ddim profi dim byd.'

'Mae 'na bobl sy wedi'i glywed o'n bygwth gneud be na'th o.'

'Mi fasa'r gwir yn brifo Mam a Dad.'

'Ond mi fydd o wedi ennill felly.'

'Wyt ti'n meddwl?'

'Dwyt ti ddim yn poeni am y ffordd maen nhw'n dy drin di?'

'O'r blaen ro'n i'n smalio nad oedd dim ots gen i. Rŵan does wir ddim ots gen i. Mae o'n deimlad braf.'

Cafodd John syniad, un a fyddai o help iddo leddfu'i gydwybod. Roedd yn dal i'w boeni. Dylsai fod ganddo ragor o asgwrn cefn i wrthsefyll Boz a'i driciau gwael.

'Wyt ti isio rhannu'r rownd bapur hefo fi?' gofynnodd yn sydyn.

''Sgen i ddim beic! Dew, mae gen ti go sâl!'

'Gei di rannu fy meic i. Mi wnawn ni wythnos bob yn ail.'

'Pa ffordd fyddi di'n mynd? Dim i Ael y Bryn, gobeithio.'

'Na, dy ochr di i'r afon. Mi ddangosa i chdi heno. Rhaid i chdi godi'n fore, cofia.'

'Dim problem.'

* * *

Piciodd Terry Boslow yn ôl i'r archfarchnad yn y prynhawn i brynu rhagor o gwrw. Dim ond ar ôl cyrraedd adref y bore hwnnw y sylwodd fod y stôr o boteli wedi mynd yn isel iawn.

'Synnwn i fawr fod y gwalch bach 'na wedi bod yn 'u llowcio nhw,' meddai'n flin wrth Tina. Roedd y syniad newydd ei daro.

'Rwyt ti bob amser yn rhoi'r bai ar Denny,' meddai hi.

'Wel, be wyt ti'n ddisgwyl? Mae'n hogyn mor ddi-ddim. Lle mae o?'

'Wedi mynd i'r dre.'

'Dew, mae o'n cymryd mantais.' Cododd ei siaced ledr oddi ar y bachyn a diflannu drwy'r drws.

Roedd yr archfarchnad yn dawelach y prynhawn hwnnw, ond roedd hwyl ddrwg ar Terry. Cipiodd becyn o gwrw o'r adran Gwinoedd a Gwirod a mynd at y til. Estynnodd ei gerdyn credyd a thorri'i enw ar y daleb.

'Mr Boslow,' darllenodd y ddynes ifanc a eisteddai wrth y til. 'Mr Terry Boslow dach chi?'

'Ia.'

'Wel, dyna gyd-ddigwyddiad! Yr union ddyn dwi isio'i weld.'

'O?'

'Dwi newydd fod yn siarad efo 'nghymdoges. Ddeudodd hi ych bod chi wedi galw acw y noson o'r blaen.'

Edrychodd Terry Boslow arni'n syn. 'Dwi'n galw ar sawl un yng nghwrs 'y ngwaith. Lle dach chi'n byw Mrs y . . '

Edrychodd ar y bathodyn a wisgai ar ei chôt. '. . . Mrs Clarke?'

'Stryd y Felin. Rhif saith deg,' meddai hi.

Cofiodd Terry'n sydyn. 'Do, siŵr iawn.'

'Ga i ofyn pam?'

'Pam? Dach chi ddim yn cofio fy ffonio i i ofyn i mi ddod draw?'

'Wnes i ddim byd o'r fath!'

'Wel mi ddaru rhywun. A deud bod gennych chi hen betha i'w dangos imi.'

Crychodd Mrs Clarke ei thalcen.

'Aeth ych merch â mi i'r cefn i'w gweld nhw gan ych bod chi'n gweithio,' ychwanegodd Terry. 'Ddeudodd hi ddim wrthach chi?'

'Naddo, dim gair,' meddai hi, mewn penbleth.

'Noson tân gwyllt oedd hi.'

'Ond roedd hi mewn parti yn yr hen chwarel y noson honno.'

'Dim cyn iddi wastraffu f'amser i.'

'Ond pam fasa hi isio gneud peth felly?'

'Deudwch chi wrtha i, del!'

'Gwrandwch, Mr Boslow,' dechreuodd. Roedd hi ar fin rhoi pryd o dafod iddo pan ddaeth syniad arall i'w meddwl. 'Mae'ch enw chi'n canu cloch. Chi ydi tad Denny?'

'Ia, gwaetha'r modd!'

'Dyna fo 'ta! Mae Denny'n un o ffrindia gorau Zoë, fy merch. Gofynnwch iddo fo a welodd o Zoë yn y parti.'

'Doedd o ddim yno . . . i fod.' Gorffennodd Terry y frawddeg yn araf. Roedd yn dechrau gweld pethau'n gliriach yn ei feddwl.

'Maen nhw wedi chwarae tric arnon ni, Mrs Clarke. 'Rhoswch imi gael gafael ar y gwalch. Mi geith o barti tân gwyllt go iawn gen i!'

Rhuthrodd Terry allan o'r siop, a Mrs Clarke yn ei wylio'n syn.

*　*　*

Daeth Seimon adref wedi sirioli drwyddo, a llond ei bocedi o ffosilau diddorol. Roedd o bron â llwgu hefyd, heb gael unrhyw beth i'w fwyta oherwydd amseriad y ffilm. Doedd o ddim hyd yn oed wedi meddwl am fwyd gan fod y ffilm mor gyffrous. Roedd pennau'r ddau, John a Seimon, yn llawn heldrin mewn ceir, cychod a hofrenydd, y ffrwydradau anferth a'r dyfeisiadau enbyd. Teimlai'n siomedig wrth weld yr olwg drist ar wynebau ei rieni pan agorodd y drws i'r parlwr.

'Seimon,' meddai ei dad, 'wyt ti'n gwybod fod dy feic di ar goll?'

Suddodd calon Seimon. Roedd o wedi anghofio am y beic dros dro, wrth fwynhau ei ddiwrnod efo John.

'Ydw,' meddai'n benisel.

111

'Ers pryd?'

'Y diwrnod ar ôl i ffenestr y sièd gael ei thorri yn y storm.'

'Ond mae hynny dros bythefnos yn ôl,' meddai ei fam.

'Pam na faset ti wedi deud rhywbeth?' gofynnodd ei dad yn ddiamynedd.

'Ro'n i'n meddwl bod rhywun yn chwarae tric arna i a 'mod i'n mynd i'w gael o'n ôl.'

'Pwy fasa'n gneud peth mor wirion?' gofynnodd Siân Rees.

'Mae 'na lot o bobl wirion o gwmpas.' O'nd oedden nhw'n gwybod hynny?

'Dwi wedi riportio'r lladrad i'r Heddlu,' meddai Brian.

'I be? Fedran nhw neud dim byd yn 'i gylch o,' meddai Seimon.

'Dwi'n synnu dy fod ti mor ddifater ynglŷn â'r peth.'

'Dim hynny. Mae cymaint o betha mwy difrifol yn mynd â'u sylw nhw.'

Nodiodd ei dad i ddangos ei fod yn cytuno.

'Pam ar y ddaear bod pobl yn gwneud petha mor ffiaidd?' meddai.

'Ella y medrwn ni hawlio rhywbeth ar siwrans y tŷ a phrynu un arall i chdi,' meddai ei fam wrtho. 'Mae'n werth holi.'

'A chadw'r nesa dan glo,' ychwanegodd ei dad. 'Gobeithio dy fod ti wedi dysgu dy wers, Seimon.'

'Do wir,' atebodd Seimon. 'Dwi wedi dysgu lot fawr.'

Pennod 18

Gwyddai Boz fod rhywbeth mawr yn bod cyn gynted ag y gwelodd wyneb ei dad. Safai o flaen y lle-tân ac roedd hynny'n arwydd drwg—fel petai'n rhwystro Siôn Corn rhag dod i lawr y simdde. Symudai Tina o gwmpas yr ystafell yn nerfus.

Roedd Boz wedi cael diwrnod diflas ar y naw yn barod. Doedd ganddo ddim digon o bres i brynu'r CD roedd o wedi bwriadu'i chael. Ond roedd gan Chiz ddigonedd o bres, ac yn gwneud yn fawr o'r ffaith. Nid bod cymaint â hynny ar gael i wario'i bres arno. Roedd y sinema wedi cau ers deufis a sbwriel wedi'i chwythu i gornel y grisiau cerrig y tu allan. Beth am y farchnad awyr agored, awgrymodd Zoë. Ond pwy oedd eisiau gweld y sothach oedd ar werth yn fan'no? Fyddai o ddim hyd yn oed yn mynd i'r drafferth o'i ddwyn o, oedd sylw Sgerbwd. Roedd y dre wedi mynd i'r gwellt; prin fod yno geir gwerth eu 'benthyg' erbyn hyn.

Wedi crwydro o gwmpas yn ddiamcan am dri chwarter awr, aeth y criw i'r caffi newydd ar ganol y stryd fawr. Roedd y perchennog, oedd yn byw mewn gobaith, wedi gosod rhyw lenni les yn y ffenestr i dwtio'r lle, ac wedi prynu dodrefn pren a lluniau o'r dre fel yr oedd gan mlynedd yn ôl. Profai'r rhain fod y lle yn llawn cymaint o dwll y pryd hynny ag yr oedd heddiw, oedd sylw Boz.

Dechreuon nhw chwerthin. O hynny allan, roedd pob sylw'n ymddangos yn ddigri a chyn pen dim aeth y chwerthin yn afreolus. Bu raid i'r perchennog eu taflu allan am wneud sŵn. Dywedodd ei fod yn bwriadu dweud wrth y Prifathro, Mr Herbert, oedd yn ffrind personol iddo, gan sôn yn arbennig am Boz. Roedd yn hen gyfarwydd ag ef, o ran ei olwg.

'Be wyt ti wedi bod yn neud?' bloeddiodd Terry.

'Dim ond edrych o gwmpas y dre,' meddai Denny'n amddiffynnol.

'Rwyt ti'n gwybod yn iawn am be dwi'n sôn, y cythral bach.' Rhoddodd glustan iddo.

'Na wn i, wir.'

Ceisiodd Tina ddod rhyngddyn nhw a chafodd hithau swaden am ei thrafferth.

'Ddeudais i wrthat ti am beidio mynd i'r chwarel, yn'do?' Ymosodai Terry fel paffiwr ar Boz, er bod Boz a'i fam yn crefu arno i beidio.

'Sut gallet ti feiddio mynd yn f'erbyn i ar ôl yr holl drafferth dwi 'di'i chael i dy gadw di allan o'r cwrt?'

Sut gebyst oedd o wedi gael gwybod?

'Doeddach chi ddim yma i gynnau'r tân gwyllt. Roedd y plant wedi siomi.'

Gwylltiodd hyn ei dad yn fwy fyth. Crynai Boz wrth weld yr olwg ar ei wyneb. 'A pham nad o'n i yma? Ateb hynny!'

Gwelodd Boz ei gamgymeriad. Sut oedd o wedi cael gwybod? Daliai ei dad i ymosod arno.

'Fi na'th fynd â nhw, Terry,' sgrechiodd Tina.

'Doedd gen ti ddim hawl i fy stopio fi. Arnat ti mae'r bai am y ffordd mae o'n bihafio.'

'Cau dy geg, y ddynes wirion!'

Aeth y geiriau hyn at galon Boz, ac yn lle dal ei benelin i fyny i'w amddiffyn ei hun tynnodd ei fraich i'r ochr a glanio ergyd galed ar stumog ei dad nes mynd â'i wynt.

'Os codwch chi'ch llaw ata i eto, mi ddeuda i wrth yr heddlu,' gwaeddodd Boz ar ei dad.

'A wyddost ti be fydd yn digwydd wedyn?' atebodd Terry gan besychu. 'Mi ân nhw â chdi i ffwrdd i'r Cartref. Gawn ni weld sut byddi di'n licio hynny.'

Dechreuodd ei ddicter dawelu. Daliai i ruo fel taran yn y pellter, ond pallodd yr ergydio.

'Dwi wedi ca'l llond bol ar y cwbl lot ohonoch chi,' meddai yn y diwedd. Aeth allan o'r ystafell a chaeodd ddrws y ffrynt yn glep, heb glywed na sylwi ar y plant bach yn crio ar ben y grisiau.

Trodd Boz at ei fam. 'Pam dach chi'n gada'l iddo fo'ch trin chi fel 'na?'

'Mae o'n neis hefo fi weithia.'

Edrychodd arni'n ddirmygus. Roedd hi mor wan.

'Dwyt ti ddim yn dallt, Denny. Dydi pethau byth yn syml.'

Roedd hi'n dal i grio pan biciodd Boz allan i'r caban ffôn agosaf, lle na allai hi glywed ei sgwrs.

Cododd Zoë y derbynnydd. 'Fedra i ddim siarad hefo chdi rŵan,' meddai. 'Mae Mam yn flin hefo fi.'

'Be ddigwyddodd?' gofynnodd. Fe dalai'n ôl i'r hen sguthan ei mam am hyn.

'Roedd mam Clare yn sbio drwy'r ffenestr pan ddaeth dy dad allan o'n tŷ ni, a'i weld o'n mynd i'w fan.'

'I be oedd hi isio rhoi ei hen big i mewn? Doedd o'n ddim byd i neud hefo hi.'

'Un fel 'na ydi hi. Mae hi a Mam yn gwybod popeth am ei gilydd.'

'Be haru chi'r merched? Rwyt ti a Clare 'run fath yn union.'

'Be wyt ti'n feddwl?' meddai Zoë'n finiog.

'Yn sownd wrth ych gilydd. Fel efeilliaid Siamîs.'

'Dwi wedi cael digon o helynt, heb i chdi ddeud pethau cas amdana i hefyd.'

'Ydi Clare yna? Gad imi siarad hefo hi.'

'Dydi hitha ddim yn cael siarad hefo chdi chwaith, dim yn yr ysgol hyd yn oed.'

'Be am gyfarfod fory?'

''Dan ni'n *grounded* hefyd. Mae Mam yn deud bo chdi'n ddylanwad drwg.'

* * *

Tarodd Boz y teleffon i lawr yn flin. Roedd arno flys malu'r blwch, ond doedd dim arf ganddo. Roedd ei deyrnas yn dechrau datgymalu. Yn ogystal â digwyddiadau heno, roedd perchennog y caffi'n debygol o gwyno wrth Mr Herbert. Doedd John Morgan ddim ymhlith y criw y prynhawn yma ac roedd yna si ei fod wedi bod mewn cysylltiad â Sleimi. Os oedd Sleimi, yn sgil hynny, wedi dod o hyd i'w feic, gallai ef, Boz, ddisgwyl ymweliad arall gan yr heddlu. Aeth adref a dechrau pacio. Doedd ganddo ddim syniad beth i'w wneud nesaf. Y cwbl a wyddai oedd ei fod eisiau dianc ac achosi pryder i bawb 'run pryd. Swatiodd yn ei lofft trwy'r dydd Sul, ei feddwl yn troi fel cwpan mewn dŵr, yn methu penderfynu a ddylai aros ynteu mynd.

*   *   *

Gwawriodd bore dydd Llun yn braf. Cododd Seimon yn gynnar ac edrych ar yr ardd gefn. Roedd llafn o olau'n torri trwy'r niwl ac yn dadorchuddio'r tai a'r coed fesul tipyn. Roedd haen denau o farrug wedi'i daenu dros y glaswellt ac edrychai'r llwybr yn llaith. Ond roedd addewid yn yr awyr. Roedd am fod yn ddiwrnod braf. Codai aroglau ffres i'w ffroenau drwy'r ffenestr agored. Wedi llyncu'i frecwast yn gyflym, aeth ar gefn y beic yr oedd wedi'i fenthyg gan John. Chwarae teg i'r hen John, roedd wedi gwneud yn iawn am y dieithrwch dros-dro. Doedd dim yn ystwyrian heblaw sŵn nyddu'r olwynion wrth iddo seiclo'n dalog at y siop bapurau. Fel yr oedd yn dod i ben â'r gwaith, dechreuodd weld arwyddion bywyd: llenni'n cael eu tynnu, peiriannau ceir yn cael eu tanio a chŵn yn cyfarth. Wedi rhoi'r papur olaf trwy flwch llythyrau'r tŷ ar ben y rhes, fe âi heibio i'r orsaf dân ac yna gorsaf y bysys cyn troi i'r chwith a chymryd y ffordd gyntaf yn ôl.

Doedd y bysys ddim wedi dechrau rhedeg eto, ac felly roedd yr orsaf yn wag, neu bron yn wag. Wrth ddod yn nes, gwelodd ffigur yn eistedd yng nghysgodfan y bysys teithiau pell, ei ddwylo yn ei bocedi, a'i ben yn suddo i'w gôt nes bod y cap gwlân a'r goler bron â mynd yn un. Un o'r digartref wedi treulio'r noson yno, ac wedi cyffio yn yr oerfel, meddyliai Seimon. Trwy gil ei lygad, sylwodd fod y bachgen tua'r un oed ag ef ei hun. Trodd i'w wynebu'n llawn ac edrych yn syth i lygaid Boz. Disgynnodd o'r beic a cherdded heibio'n araf heb dynnu ei olygon oddi arno. Ni ddywedodd y naill na'r llall 'run gair, ond roedd eu llygaid yn dweud popeth.